異世界で美味しいごはんを振る舞ったら、天使な息子の継母になりました

藤 実花

目次

プロローグ　SALVE REGINA……6
第一章　新米シスター継母、始動……17
第二章　厨房で朝食を……54
第三章　わかり合えたなら……104
第四章　収穫祭と桃色魚……143

第五章　ロイヤルファミリーの問題……186
第六章　愛すべき私の家族……235
エピローグ　AMAZING GRACE……275
あとがき……288

異世界で美味しいごはんを振る舞ったら、天使な息子の継母になりました
グレイス
前世は保育士で料理が得意な転生令嬢。
実家であるハーネット伯爵家では
『ギフト』を持たない無能と
思われているが…。

ロズベルグ

公爵でありギフト研究所の所長。
亡くなった兄夫婦の息子・ラスティを
養子として引き取り、継母を探している。

ラスティ

天使のような可愛らしい四歳児。
幼くして両親を亡くし、
心を閉ざしてしまう。

リシャール

七歳の王太子。母である女王陛下から、
敏腕継母と噂のグレイスにリシャールの
とある問題を解決してほしいと依頼がくる。

リリィ

ラスティの従姉で、五歳の美少女。
従順な一方で、母親に対して何か
悩みがあるようで…。

Characters

アレイシア

グレイスの異母妹。『ギフト』と呼ばれる
特殊能力を持ち、軽症治癒ができる。
無能な姉を馬鹿にしている。

プロローグ　SALVE　REGINA

風に乗って聞こえてくる子どもたちの笑い声。

ハーネット領、エバンス教会の孤児院には、今日も幸せの気配が溢れている。

大鍋を一度かき回し、シチューの味見をする。それから、瑠璃色のシスター見習い服の袖を下ろすと、扉を開けて子どもたちを呼んだ。

「皆！　昼食の準備が出来ましたよ！」

その声に、丘の上で遊んでいた子どもたち全員が振り向いた。

「わあ！　今日はなにかなぁー？」

「グレイスのお料理、とーってもおいしいもんね！」

「シチューの匂いがするよ？」

「お代わりあるかなあ」

お喋りをしながら家に帰ってくる子どもたちを迎え入れる、この瞬間が私は大好きだ。

カボチャを練り込んだパンに、たっぷりキノコのシチュー。貧乏教会ながら、食生活が潤っているのは、領内の人が善意で分けてくれる作物と、私の作るパンの売り上げが結構あるからだ。

私、グレイスは転生者で、前世は保育士をしていた。自身が不遇な幼少時代を送ったせいか、子どもたちの健《すこ》やかな笑顔を守りたい、と強く思い選んだ仕事である。不慮の事故で亡くなってしまい、この世界でグレイスとして目覚めてからも、信念と趣味の料理好きは同じだった。

わけあって、エバンス教会のシスター見習いとしてやって来た時、子どもたちのお世話と料理担当をさせてもらえることになり、とても嬉しかったのを今でも覚えている。

「さあさあ、皆。食事の前に手を洗いましょうね」

「はあい、シスタークレメンス！」

子どもたちの元気な声に、シスタークレメンスは微笑んだ。彼女、シスタークレメンスは私の先輩で、この教会の管理者だ。教養とユーモアがあり、優しく、誰からも好かれる人。私は彼女のようなシスターになり、生涯、祈りとともに過ごしていきたいと思っている。

手を洗った子どもたちは、それぞれトレイに載った食器を持って鍋の前に並ぶ。いつも先頭は皆のリーダー……いや、ガキ大将のトムだ。

「オレ、ジャガイモ多めな！　あ、グレイスっ、大きなニンジン入れるなよっ！」

「ダメ。ちゃんと満遍《まんべん》なく食べるのよ。ニンジンも柔らかくて美味しいでしょ？」

「ううっ……ま、まあ、グレイスのニンジンは、旨いんだけどよ」

トムは渋々引き下がる。ニンジンが苦手で、最初はちっとも食べてくれなかった。でも、今はこうして頑張って食べてくれている。

全員に食事が行き渡り、静かに席に着く。次はいつもと同じ、食前のお祈りの時間。この国ノースランドでは、イリスという唯一神を信仰していて、食事の前にお祈りをする。食事時に家族が集える幸せをイリス様に感謝するのだ。

「慈悲深きイリス、あなたに感謝してこの食事をいただきます。ここに用意されたものを祝福し、私たちの心と体を支える糧として下さい」

シスタークレメンスの言葉を全員で復唱し、食事が始まった。しかし、突然扉が叩かれて、子どもたちが眉を顰《ひそ》める。楽しい食事時の来客を訝《いぶか》しんだのだ。

「誰かしら？」

私は首を傾《かし》げながら席を立ち、扉に向かった。お昼時に訪ねてくる人はあまりいない。普通はその時間を避けるからだ。よっぽどの急用のある人か、遠方から訪ねてきた来客かもしれない。

扉を開けると、背の高い男性が立っていた。年の頃は二十歳前後。太陽に煌《きら》めく銀髪は綺麗に整えられていて、纏《まと》う衣服の全てに高級感が漂う。ただ、その紫の瞳は凍土《とうど》の大地のように冷たい感情に満ちていた。

「どちら様でしょうか？」

「失礼、私はロズベルグ・アンダルシア。公爵の爵位を持っている。ここにグレイス・ハーネット嬢がいると聞いて来たのだが」

「アンダルシア公爵!?　公爵様がなんのご用件で……あ、グレイスは私でございますが？」

「そうか。君に頼みがある。ちょっと外で話せるか？」

淡々と公爵は言う。全く面識のない人だった。少し怖い気もしたが、頼みがあると言われたら断りづらい。どうしようかと振り返り、シスタークレメンスに目で問うた。すると、静かに彼女は頷いた。

「では、お話を伺います」

「ありがとう」

私は不意の来客を教会の裏手に案内し、木陰に設《しつら》えた椅子に促した。

「話をする前に、ひとつ問いたい」

「は、はい。どうぞ」

「君は子どもが好きか？　勉強を教えたり、一緒に遊んだりすることを面倒とは思わないか？」

「ええ。子どもは大好きですし、勉強を教えたり遊んだりも好きですけど？」

なんなの、この質問。どんな意図があるのかしら？

首を傾げる私の前で、彼は厳しい表情を崩さず黙り込んでいた。視線は私の頭上にある。アホ毛でも飛び出ているのかと、手で押さえてみた。私のミルクティーベージュの髪は細く、綺麗に纏まらないうえに、朝起きると高確率で跳ねている。でも、彼が見ているのはそこではないようだった。

やがて視線は私の顔に戻り、彼は頷いて話し出した。

「わかった。では単刀直入に言う。私と結婚して公爵家に来てほしい。出来るだけ早く」

「は？　……え、と？　は？」

「息子の面倒を見てくれる母親役を探していたのだ。実は君のことをいろいろ調べさせてもらった。ハーネット伯爵家の令嬢だったが、家族と折り合いが悪く母方の祖母、ロマンサ・ユークレスカ夫人に引き取られた。ロマンサの死後は、彼女の友人であるシスタークレメンスの導きにより、エバンス教会で見習いシスターとなる。現在十八歳、間違いないね？」

「え……いや、あの……」

こっ、怖い。この人、どうして私のことを調べているの？　異常者？　変態？　ストーカー？　それに結婚ってなに？　全然意味がわからないわ。

そんな私の動揺など意に介せず、彼は話を続ける。

「息子は……ラスティは四歳だ。兄の子だったのだが、その兄が亡くなり、私が養子にした。君はラスティに勉強を教えたり、必要なマナーを覚えさせたり、遊んだり、身の回りの生活の手助けをしてほしい。次期アンダルシア公爵として立派な人物になるように。伯爵家の令嬢だった君なら、勉強もマナーもそれなりに学んだだろう？」

「学びはしましたが……公爵家ならば、ちゃんとした専門職がいらっしゃると思いますけど」

「私がアンダルシア家の当主になった折り、使用人の厳選をした。その結果、ラスティ付きの

ナースメイド、家庭教師、他にも何人か解雇した」

「か、解雇？　何故です？」

問うと、ロズベルグが冷たい瞳をこちらに向けた。

「嘘を吐《つ》いたからだ。どんな理由であれ、嘘を吐く者を私は許さない」

「嘘……？　だからといって、私などに依頼するより先に、他で優秀な人材を探したほうがいいように感じますが」

「もちろん探した。だが、君がベストだという結論に至った。私は元々結婚する気がない。妻を娶《めと》る気も更々《さらさら》なかった。しかし、ラスティには母親として細やかな気遣いが出来る者が必要だと思っている。それも、無欲で思いやりのある善人でないと困るのだ。幸いにも、君の町での評判は頗《すこぶ》る良く、私のテストにも合格した。また、双方合意の上で契約として結婚をし、然るべき時にあと腐れなく離縁に応じてくれる者という条件に合う。わかったか？」

「はあ、まあ……」

と答えたが、実はよくわからない。

前半はなんとなく褒《ほ》められているような感じだけど、なんのテストに合格したのか謎。

最後のほうの『双方合意の上で契約として結婚をし』と『然るべき時にあと腐れなく離縁に応じてくれる者』に関しては、一ミリも理解出来ない。

こんなおかしな申し出に、私が応じるとでも思っているのかしら？

いくら公爵様だからって、思い通りに出来るなんて大間違いよ！

断固断ろうとすると、ロズベルグが言った。

「それと……ここからが本題なのだが、ラスティは少し問題を抱えている」

「問題？」

「父親を事故で亡くしてから、ラスティは他人とコミュニケーションを取れないでいる」

「ま、まあ……」

「ラスティを頼みたい。母親として、ナースメイドとして、家庭教師として。君はいろんな条件をクリアした、ちょうどいい人材なのだ」

ちょうどいい、と言われて少し腹が立った。いきなり訪ねてきておいて、テストに合格したとか、結婚してくれ、やら。もうすでにわけがわからない状況なのに、ちょうどいい人材などと言われて、いい気がするわけがない。

でも、そんな気持ちを跳ねのけるくらい、ラスティという子が気になっていた。

養子になったというのだから、きっと両親ともに亡くしたのだ。前世で私も早くに母親を亡くした。私が生まれてすぐ両親は離婚して、父親はどこにいるかも生きているかもわからない。私が八歳の時、母親が病死したため、十八歳までは親戚を転々とし、肩身の狭い思いをした。どうしようもない悲しみに押しつぶされそうになった日もある。だから、小さなラスティが悲しんでいると思うと胸が痛む。

シスターになろうと決めたのも、いろんな事情を抱えた子どもたちを、孤児院で守りたいからだ。子どもたちが笑顔で幸せに暮らせる世界の実現が私の夢。悲しんで塞いでいるラスティを放ってはおけないわ。

ロズベルグの申し出を前向きに考え始めた。だが、即答するにはまだ疑問点があるし、こちらの問題もある。

「あの、私、今は見習いですが、やがて一人前のシスターになるのが目標なのです。ですから……」

「ああ、大丈夫。先ほど言ったとおり、結婚期間はラスティが十歳になるまででいい。十歳になったら全寮制の学校に入るからな。役目を終えたら君も教会に帰り、シスターを目指すといい」

「なるほど。然るべき時にあと腐れなく離縁……とはそういう意味でしたか」

「そうだ。また、公爵家に来てもらっている間は、エバンス教会に多額の寄付をしようと思っている。どうかな？」

どうかな？　と尋ねてはいるが、その眼力は強く「断らないよな」という圧をひしひしと感じる。でも、教会に多額の寄付をしてくれるというなら、これは美味しい条件、かもしれない。

「グレイス。お受けしたらどうかしら？」

振り向くと、いつの間にかシスタークレメンスが佇んでいた。

「しかし……シスタークレメンスだけでは大変ではないですか？」

「ふふ。大丈夫ですよ。ここは村の方たちとの結びつきが強い土地柄ですからね。皆が支えてくれるでしょう。それに、こんな辺鄙《へんぴ》なところまで、あなたを頼って来てくれたのです。お力になってもいいかと、私は思いますよ？」

確かにそうだ。アンダルシア領はここからかなり北にあり、やってくるのも一苦労。それを考えると、シスタークレメンスの言うことにも一理ある。

「わかりました。お引き受けいたします」

「契約成立だな」

ロズベルグは表情を変えず、一度頷いた。契約が成立したら、普通は握手とかするものだけど、彼は微動だにせず椅子に座っている。冷たい目でこちらを見つめ、私と一定の距離を取っているように見えた。

まあ、なにはともあれ、これも神の御意思。誠心誠意励んでみよう、と思った瞬間、シスタークレメンスがロズベルグに言った。

「で、寄付は如何《いか》ほどいただけるのかしら？」

「シ、シスタークレメンス⁉」

あれ？　いい話をしていたのに、いきなりお金ですか⁉

「どうしました？　グレイス。あ、嫌だわ、勘違いしないでね。あなたを売るのではないのよ。

もらえるものはきちんといただく、というだけ。ここには育ち盛りの子どもが大勢いますから
ね！」

「で、ですよね……」

慈悲深いシスタークレメンスは、軽くウインクをしてお茶目に微笑んだ。

うん、彼女はまだまだ長生きしそうだ。と安心し、私も微笑み返した。

第一章　新米シスター継母、始動

後日、孤児院の子どもたちと、涙ながらの別れを済ませ、アンダルシア家の馬車に乗り込む。

「公爵夫人に相応しい装いを」とロズベルグから渡された支度金で、大至急、落ち着いた印象の青色のドレスをあつらえた。シスター見習い服に比べると動きにくいけれど、生地が柔らかく肌触りもよかったので、毎日着るには最高だと思った。

アンダルシア領へ行くには、一度王都を経由し、そこから向かうのが最短のルートだそうだ。

仕事を残しているというロズベルグは王都で馬車を降り、私はそのままアンダルシア領を目指す。初めてなのだから、一緒に行ってくれてもいいのでは？などと、胸の内で悪態をつきつつ、暇を持て余して目を閉じた。


「お前は本当に穀潰《ごくつぶ》しだな」

父、ハーネット伯爵がこちらを見て吐き捨てるように言った。屋敷内で私の姿を見ると、必ず父は文句を言う。その理由は、私が、彼と仲が悪かった正妻の娘であること。そして、母亡きあと正妻に納まった側妻の娘、アレイシアが『ギフト』を持っていたから。

『ギフト』とは、神に与えられた恩寵《おんちょう》を指し、ある日突然目覚める特殊能力のことである。

いつ、どこで、誰に、どんな力が目覚めるかはわからない。また、目覚める人もほんの一握りで、ほとんどの人には関わりのないものだった。

その『ギフト』がアレイシアに目覚めたのは、彼女の実母が亡くなってしばらくした頃だった。アレイシアは、突然擦り傷を治し、腹痛や頭痛も治す力を手に入れた。本人が言うには『癒しの風』という軽症治癒能力らしい。父は大喜びし、元々嫌いだった私を更に厄介者として蔑《さげす》んだ。

「お父様。仕方ないわよ、お姉様には『ギフト』がないのですから」

「おお、アレイシア！　ハーネット家の誇り、我が最愛の娘！」

「ふふ、大袈裟ですわ。わたしは幸運にも神に選ばれ『ギフト』をいただいただけ……」

目の前で寄り添う父娘を、虚ろな目でただ、見つめる。ああ、ここに私の居場所はない。死んだ母のもとへ自分も行こうか、と絶望したほどだ。

しかし、その絶望は突然希望に変わった。母方の祖母、ロマンサが、私の状態を見かねて引き取ってくれたのである。祖母のもとで、必要な教養は全て学んだ。それは楽しい時間だった。しかし、祖母はやがて病気がちになり、この世を去る。最期を看取った私はしばらく落ち込んだが、そのあと、信じられない出来事に見舞われたのである。

「グレイス？　グレイス？　グレイスってばね！」

「ん……？」

目を閉じていたら、いつの間にか眠ってしまったようだ。呼びかける声に目を開けて、その声の主に視線を向ける。

「結構寝ていたかしら？」

「ううん、ほんの少しだけよね。でも、もうすぐ着くから起こしたのよね」

「ありがとう、ブラウニー」

「いいのよねー」

ぷっくりした桃色の頬を緩めて、ブラウニーは笑った。

体長約二十センチ。茶色のワンピースに真っ白のエプロンと三角巾を着けている彼女は『妖精』である。人の手伝いをしたがり、人が困っていると助けてくれる、小さい人型の善なる存在。祖母の死後、私は『善き隣人《よ》』のギフトに目覚めた。そのギフトは、妖精の助力が得られるというものだったのだ。

だが、それを人には言わないと誓っている。

『あなたがギフトに目覚めたら、みだりに人に言わないことよ。大きすぎる力は他人に利用される恐れがありますからね』という、今際《いまわ》の際《きわ》の祖母のいいつけを守っているから。

未だ謎が解明されていない不思議な力、ギフト。祖母と暮らしていた頃、よく彼女から聞かされていた話がある。『近しい者の死を看取ると、ギフトに目覚める可能性が高いのよ。死にゆく者が、あとに残される大切な誰かの幸せを願うと、イリスが聞き届けて下さる。それがギフトなの。素敵でしょう』と。そういう考えもあるのか、と笑いながら聞いていたが、こうして自身がギフトに目覚めた今、祖母の話は真実だったのかもしれないと考えている。

微笑むブラウニーに笑みを返しながら、私は慈愛に溢れた祖母の姿を思い出す。そして再度、清貧《せいひん》を心掛け、神の名のもとに正しく生きることを誓った。

馬車が止まり、御者から声が掛かると、ブラウニーはふっと姿を消した。妖精の姿は私以外には見えないので消える必要はない。でも、基本こちらが呼ばない限りは姿を現すことは少ないのだ。

私はタラップを降りて、目の前の屋敷を見上げる。外はもう暗く、全容はわからなかったが、視界に捉えている玄関はとても豪華で大きい。実家の伯爵家とは比べ物にならないと思った。

玄関先には、ロマンスグレーの素敵なナイスミドルと、内巻きカールで陽気そうなメイドの女性が立っていた。

「お疲れ様でございます。グレイス奥様ですね？」

「ええ」

「お話は旦那様から聞いております。私は当家の執事、ホーキンスでございます。よろしくお願いいたします」

「こちらこそ。夜遅くまで待っていてくれてありがとう。お屋敷の使用人はあなた方ふたりだけかしら？」

「は、はい。町から通う者はおりますが……正式な住み込みの使用人は私たちだけになります」

どこか困ったようなホーキンスの表情を見て、不意にロズベルグの言葉を思い出した。彼が当主になった時に、使用人を厳選したと言っていたわ。だから、少人数になったのね。

「少人数ではございますが、奥様にご不便は……」

「あ、違うのよ。そんな心配していないわ。少数精鋭なんて素敵。人が多すぎると名前を覚えるのが大変だもの」

「ご理解いただき、ありがとうございます」

ホーキンスとの会話が済むと、メイドが待っていました！とばかりに前のめりになる。

「はじめましっ、きゃっ……っとと、あぶない」

彼女は躓《つま》いて転げそうになった。どうやらかなりのおっちょこちょいであるらしい。

「シシリー!?　ああ、なんと嘆かわしい……あなたはどうしてそう、落ち着きがないのでしょうか」

「も、申し訳ありませんっ、ホーキンスさん。奥様も失礼いたしました！」

「ああ、いいのですよ。気にしないでね」

ふたりのやり取りで、大体の関係性が見えた。ホーキンスは繊細で真面目な人。シシリーはおっちょこちょいだが、性格はよい……たぶん。変に畏《かしこ》まった人たちだったらどうしようと思っていたけれど、これなら、私、やっていけるかも。

「寛大なるお言葉、ありがとうございます。では、奥様、お疲れでしょうからお部屋にご案内いたします」

「あ、いいえ。先にラスティに会います。いいですか？」

「坊ちゃまに？　ですが……もうお休みかもしれません」

「そう。そうよね、もう遅いし……わかったわ。明日にします」

本当は一刻も早くラスティに会いたかった。でも、寝ているのを起こすのは忍びない。朝まで待ってもラスティは逃げないわね。

荷物を預けると、部屋に案内してもらった。部屋の中はとても豪華で落ち着かなかったけれど、ベッドはすごく寝心地がいい。

アンダルシア公爵家、一日目の夜は静かに更けていった。


慣れというのは怖いもので、毎日早起きをしていたせいか、今朝も早朝に目が覚めた。

起きて背伸びし、ふと窓の外に目をやると、眼下には美しい森、その向こうには広い湖が見える。黎明《れいめい》に全貌を現したアンダルシア公爵邸は、どうやら自然豊かな森の中にあるらしく、マイナスイオンに満ち溢れているようだった。

さてと。早速だけど、なにはなくともまずチェックしたいのは『厨房』だ。朝食を取りながらラスティとの仲を深めようと企んでいるのだけれど、それにはまず、美味しい食事が不可欠。出来れば自慢の手作り料理を振る舞いたい。でも、名門アンダルシア公爵家であれば、きっと腕のいい料理人がいるはず。料理人のプライドを傷つけないように、なんとか助手として料理に携《たずさ》われないかと画策している。

　胸を躍らせながら部屋を出て、真っ直ぐに厨房を探す。だいだい厨房は一階にあるものなので、まず階下を目指すと、いきなり鼻を殴られたような強烈な匂いがした。

うっ……これ、なんの匂い？　焦げ臭さの中に酸っぱさが混じっていて、目覚めたての胃が痙攣《けいれん》しそうな危険な匂い。バイオテロでも始まったのかしら⁉

　警戒しながら鼻と口を押さえ、出来るだけ息をしないように、匂いの発生源を追う。すると、一階のある部屋から黒煙が流れ出ているのが見えた。中を覗くと、メイドのシシリーがご機嫌でフライパンを振っている。その中身は真っ黒で、水分も飛んでぱさぱさだった。

「シ、シシリー？　あの、なにをしているの？」

「あっ、奥様。おはようございます！　今、朝食をご用意しておりますので、もう少しお待ち下さいね」

「ちょ……朝食……なの？」

　え、待って？　このバイオテロの元が、食べ物だっていうの？　本当に？　でも、匂いが強烈なだけで、食べたら美味しいのかもしれない……。

「あの……味見させてもらってもいい？」

「え？　はい、構いませんけど」

シシリーは首を傾げる。私は彼女の持つフライパンから、中身を少々指で掬《すく》い、まず香りを確かめた。

……うん、間違いなく食べ物の匂いじゃない。味はどうかしら、と、口に入れてみると、一瞬眩暈《めまい》がした。バイオテロ……これは間違いなくバイオテロだ！

「シシリー、私が作ってもいいかしら？」

「奥様が？　しかし、公爵夫人に料理をさせるなんて」

「いいのよ！　私、料理が趣味なのよ。大好きなの！」

「まあ、そうなのですか！　助かります！　実は、旦那様のお眼鏡にかなう者がいなくて、屋敷の料理人はずっと不在なのです。仕方なく私が作っているのですが、何故か焦げたり異臭がしたりするのですよ」

おかしいとは思っていたんだな、とちょっと安心した。これが普通だと考えていたのなら、かなり嗅覚と味覚がヤバい。ん？　料理人はずっと不在だって言った？　まさか料理人まで信用ならないって解雇したの？　厳しいにもほどがあるわね。

そのせいで皆がバイオテロの被害に……あ、それじゃあ、ラスティも被害者なのでは!?

「ねえ、ラスティもシシリーの料理を食べたの？」

「いいえ。ラスティ様は果物しか召し上がりませんから、私の料理を口にしたことはありません」

「そう、よかった……いや、よかったけど、よくないわ」

被害者ではなかったけれど、果物しか食べないなんて健康に悪すぎる。伸びしろの多い子どもが、偏食傾向にあるのはよくないわ。

やはり、私が作るのがよさそうね。自分のためにも、ラスティのためにも。

「じゃあ、早速厨房を使わせてもらうわね。シシリーは自分の仕事に戻っていいわよ」

「本当ですか！　では、申し訳ありませんがよろしくお願いいたします」

駆け出していくシシリーの背を見送ってから、彼女が荒らした現場に視線を落とす。焦げ付いたフライパン。紫の液体が入った大鍋。その中で悪臭を放っている、食材だったものの成れの果て……。はあ、まずは厨房の掃除からか……。

「ブラウニー、お願い手を貸して」

呟くと、ストンと肩になにかが乗る。

「はいなのよねー。ん？　うっ……くっさ。鼻が曲がりそうなのよね。早く掃除するのよねえー！」

「ええ。そうしましょう。迅速にかつ清潔にね」

頷き合うと、私たちは掃除を始めた。見かけよりもずっと力のあるブラウニーは「くっさ」

と連呼しながらてきぱきと仕事をこなす。フライパンのこびりつきは頑固だったが、ブラウニーの力で綺麗に擦《こす》り落とされている。大鍋も何度かお湯をかけて流すと、匂いが少なくなった。

やれやれ、ようやくスタートラインに立ったかしら？　匂いのとれた厨房を見回すと、籠の中にいろんな果物が入っているのが見えた。これがラスティ専用の果物？　でもやはりこれだけじゃだめだわ。タンパク質、脂質、炭水化物、鉄分。伸び盛りの子どもにはカルシウムも重要ね。再度、いい食材がないかと厨房を探す。大方のものはシシリーの餌食《えじき》になり、悲惨な姿に変貌したようだが、難を逃れた食材が少し残っていた。卵と青菜とベーコン、小麦粉……たぶん塩胡椒やバターとかもあると思うから、朝食は……。

「キッシュを作るわ、ブラウニー」

「了解なのよね。じゃあ、早速始めましょう、なのよねっ」

「ええ」

ブラウニーは慣れた手つきで青菜を刻み、私は小麦を篩《ふる》い、卵を混ぜる。公爵家の厨房なので、孤児院とは違い、必要なものはなんでも揃っていた。牛乳やオリーブオイルも無事で、問題なく使える。あっという間に準備が整うと、竈《かまど》の前で妖精を呼ぶ。

火の妖精『サラマンド』は、火に関する術を得意とする、手のひらサイズの小さな妖精だ。全身が火に包まれているが、触れても特に熱くはない。

「サラマンド、竈に火をお願い」

「よっしゃ！　任せときな」

サラマンドがふうっと竈に息を吹きかけると、青い炎が燃え上がる。竈は一気に温まり、すぐに適温になった。火加減の調整はサラマンドに任せておけば完璧だ。

「じゃあ、焼き具合は任せるわね。あとは、オレンジを切って、盛り付けて、っと」

「もう切ってあるのよね！」

「さすが！　頼りになるわね、ブラウニー」

「いやん、照れるのよねん」

顔を覆い隠し、頭を振るブラウニーを、サラマンドがやれやれと肩を竦《すく》めて見ている。妖精たちは本当に頼りになる私の善き隣人だ。

サラダを盛り付け、小皿にオレンジを置く。あとはキッシュが焼けるのを待つだけになった時、厨房にホーキンスが現れた。

「シシリー、なんだか今日はいい匂いが……ん？　お、奥様!?　どうして厨房に？」

目を見開き、口をぱくぱくさせているホーキンスに、かくかくしかじかと説明をする。すると彼は、ホッとしたように近くの椅子に座り込んだ。

「……そうでしたか。でも、シシリーの毒料理を召し上がらなくてよかったです」

「毒料理……ホーキンスは食べたことあるの？」

「とんでもない！　私はまだ死にたくありませんから、シシリーの目を盗んでひとりで簡単なものを作って食べていました。今朝も奥様の朝食と自分のためにベーコンと目玉焼きを焼こうと思っていたのです」

「あら、ごめんなさい。それ、私が使ってしまったわ。お詫びと言ってはなんだけど、今キッシュを焼いているの。よかったら食べて」

キッシュ！とホーキンスは大声で叫んだ。そして、涙を流した。現状がよっぽど辛かったのかもしれない。まあ、食事は人生の基本だと思っている私としては、その気持ちはよくわかるのだけど。

「ラスティの分を取り分けたら、あとはホーキンスとシシリーで分けて食べてね」

「あ、あの奥様。坊ちゃまの件、旦那様からどこまで聞いていらっしゃいますか？」

「どこまで？　ああ、えっと、前公爵様が亡くなり、他人とコミュニケーションが取れない、と聞いたわ」

「そうですか。ふむ……旦那様はあまりラスティ様を見てらっしゃいませんから」

それ、どういうこと？　思いっきり変な顔をしたであろう私の表情を見て、ホーキンスは続けた。

「大方は合っています。母親のエルザ様は、坊ちゃまを出産してすぐお亡くなりになり、およそ八か月前にヒューズ様が事故で亡くなられました。以前から大人しく内向的であった坊ちゃまは、ヒューズ様の死をきっかけに……言葉を発しなくなったのです」

「喋《しゃべ》らない、ということ？」

「ええ。喋らず、意志表示もなさいません。手を引けばついてきて下さいますが、されるがままで意志がなく。食事も果物にしか手をつけず、なにを出しても残してしまわれます」

「そんな酷《ひど》い状態だなんて知らなかったわ」

話を聞いて、気軽に引き受けたのを少し後悔した。「美味しい食事を一緒に食べれば、すぐに打ち解けて仲良くなれるでしょう」という浅はかな考えは完璧に消し飛んだ。ラスティは深い心の傷を抱えている。前世なら、カウンセラーとか相談するところがあるけれど、この世界では厳しい。

でも、そんなラスティの気持ち、私ならわかるかも、と思った。前世は早くに母親を亡くし、今世は母親を亡くした上、父には愛されなかった。そっくり同じではないけれど、どこか通じるものはある。そういう私だからこそ、ラスティに寄り添えるのではないかしら？

うん、俄然やる気が湧いてきた。悩むのは時間の無駄だ。

「ホーキンス、ラスティはもう起きている？」

「まだ、だと思います」

「では、起こして身支度をしておいてもらえるかしら？　食事はいつも部屋で？　それとも食堂で？」

「お部屋で召し上がります。先ほども言いましたが、内向的な方でして人が見ていると食べづらいらしく。ヒューズ様とは笑顔でお食事なさっていたのですが」

「そう……あ、食事は私が持っていってもいいかしら。挨拶もしたいし、状況も把握したいから」

するとホーキンスは立ち上がり、姿勢を正した。

「もちろんでございます……奥様、ありがとうございます。坊ちゃまに向き合おうとして下さって」

深く頭を下げると、彼は厨房を出ていった。

私は厨房でひとり、キッシュのいい匂いを嗅いでいる。大丈夫、美味しい食事は、心を救う。きっとラスティも心を開いてくれる……はず。と自分に言い聞かせた。


サラダとオレンジ、ブドウジュース。そして焼きたてのキッシュをトレイに載せて、ラスティの部屋に向かう。そこは二階で、私の部屋の斜向《はすむ》かいだった。ホーキンスが扉を開けてくれて、テーブルにトレイを置く。それから、ラスティを探した。彼は、背を向けて窓から外を眺めている。

癖毛の柔らかそうな銀髪。細い首に華奢な肩。身体も、平均的な四歳と比べると随分と小さい気がした。

「初めましてラスティ。おはよう、気持ちのいい朝ね」

挨拶しながら近づき、隣に並ぶ。彼にとって私は知らない人だ。驚かせたり、怯えさせたりしないように気をつけなくては。

隣で見るラスティは……驚くほど綺麗な子だった。大きい瞳は鮮やかな緑色。白い肌は透き通る陶器のよう。ただ立っているだけなのに、気品と崇高さを感じた。でも、鮮やかな緑色の瞳は、虚ろでどこを見ているのかわからない。なにもかもを諦めてしまった、そんな悲しみが伝わってくるようだった。

「私はグレイス。ロズベルグ様と結婚して、この屋敷に来たの。仲良くしてね」

「…………」

「一応、あなたのお母さんということになるけど……そう思わなくていいからね。無理はしてほしくないから」

「…………」

ダメか。手ごたえは全くない。

「じゃあ、朝食にしましょう。キッシュは好き？」

テーブルに導くために、小さな手に触れた。ラスティは表情を変えることなく、素直に導きに従う。椅子に座らせるのも簡単だった。

「どれから食べる？」

「…………」

ラスティは、音もなくオレンジに手を伸ばし、口に含む。三切れあったオレンジは、すぐになくなった。お腹は空いているみたい。でも、その他のものには手をつけず、サラダとキッシュは残っている。人が部屋にいると食べづらいと聞いたけれど、今のところ嫌がられている気配はない。もう少し踏み込んでみようかしら。

私はキッシュを小さく切ってフォークに取り、ラスティの口元に持っていってみた。

「キッシュはどう？　焼きたてよ？」

すると、ラスティの鼻が少し動いた。匂いに反応した？　美味しそうだと思ってくれたのかも。

喜んだのも束の間、ラスティはまた無表情になり、元の状態に戻ってしまった。

無理強いはいけない。強要すればするほど子どもは頑《かたく》なになる、と心理療法を学んだ同僚が言っていた。ここは引いて、気長に待ちましょう。

「わかったわ、ラスティ。また、来るわね」

余計なことを言わず食事を下げて、厨房に戻る。すると、シシリーが物凄い勢いでキッシュを頬張っていた。

「ふぉ、ふぉくさま！　ふぉれ、すふぉく、ふぉいしいでぇす」

なにを言っているのか、全然わからない。口に入れたまま喋ったらいけないって、孤児院の子どもたちでも知っているわよ。

「シシリー、とりあえずお水を飲んで」

「ふぁい……ごほっ」

「……落ち着いて」

「は、はい。申し訳ありません。キッシュがすごく美味しくて、食べ出したら止まらなくなってしまったんです。奥様が作ったのでしょう？　天才ですね」

シシリーが目を輝かせながら褒めてくる。料理を褒められるのは嬉しい。でも、大丈夫かしら？　ホーキンスの分が全く残っていないのだけど？

のちに執事に怒られる運命のメイドを心配しつつ、気になっていることを聞いてみた。

「公爵家には厨房に食料を届けてくれる人がいるのでしょう？」

「ええ。サントスが近くの町から一日一回、運んできます。サントスは公爵家の庭師なんですが、彼の奥さんが雑貨屋をしているのでお世話になっているんです」

「じゃあサントスに言えば、いろんな食材を手に入れてくれるのね？」

「はい！　紙に必要なものを書いて、厨房のテーブルに置いておけば、勝手に持って帰ってくれますよ」

なるほど。便利屋さん的な人ね。今日新しい食材が届いた様子はないから、きっとこれから来るのだろう。

納得すると、戸棚に置いてあった紙に、必要な食材を書き出した。今日はあるもので済ませるとして、明日からは本腰を入れて頑張らないといけない。ラスティに、食べることの素晴らしさを知ってもらいたい。知れば世界が変わるし、私自身、心を開いたラスティと話すのを、心待ちにしているのだ。

公爵家に来てから五日、相変わらずラスティは言葉を交わしてはくれず、果物しか食べない。心配で、頻繁に様子を見に行くけれど、彼はなにをするでもなくぼーっとしている。屋敷の図書室で面白そうな物語を選び、一緒に読みましょうと誘っても反応は薄かった。

しかし、進歩はしている。私が部屋にいても嫌がる素振りは見せないし、どこか許容している風でもある。それに、最初出会った時、ずっと窓の外を見ていたラスティは、私が食事を持って訪ねると、振り返ってくれるようになった。これはすごい進歩だとホーキンスは言う。

「おはよう、ラスティ。今日はクロックムッシュを作ってみたわ」

部屋には香ばしいチーズの香りが満ちている。手を引いて椅子に座らせると、ラスティはクロックムッシュを見て少し首を傾げた。初めて見たから珍しいのかもしれない。前世では一般的だけど、こちらでは見たことがないし、使用したパンもこの世界にはなかったものだ。

パン好きの私は、歯が折れそうな固いパンに辟易《へきえき》していた。

食パンが食べたい！　耳はさっくり中はふんわりとした、あの素晴らしい食感。

なんとかして再現出来ないかと考えていたところに、教会で料理を担当する機会を得た。また、偶然にも妖精たちが絶妙な温度管理が出来たので、自身でパン酵母を作ることに成功し、柔らかいパンが焼けたのだ。

「これはね、食パンにハムとチーズを挟んで、ベシャメルソースをかけて焼いたものよ。ちょっとだけ食べてみる？」

「……ん」

「ん？」

あ、れ？　もしかして、今……返事をした？

「食べる……？」

「……ん」

間違いない。ラスティはクロックムッシュを食べたいと言った！

急いでナイフで切り分けて、ラスティの口元に持っていく。すると、小さい口が遠慮がちに開き、ぱくっとクロックムッシュを食べたのだ。

か……可愛い、可愛すぎる。まるで生まれたての雛《ひな》に食事を与えているみたい。もきゅもきゅと咀嚼《そしゃく》するたびに揺れる白い頬。噛み締めるたびに上下する小さい顎。どこを切り取っても可愛らしくて、どの角度から見ても可愛らしい。もう可愛いとしか言えなくなり、自分の語彙《ごい》力のなさにへこんだが、そんなものは『可愛い』の前には無力だった。思いがけず母性本

能が開花し、私は身悶《みもだ》える。

継母が隣で気持ち悪い想像をしているとは知らないラスティは、ごくんと飲み込むと、視線をこちらに向けた。

「もっと食べる？」

「……ん」

なんと！　クロックムッシュはラスティの心の扉をこじ開けた。数日前から、食べたそうな気配は感じ取っていたが、ここまでには至らなかった。今までと今回で違うことといえば、食パンを使用したことだけ。前回までは、この世界で好まれる一般的なバゲットやブールのようなハード系のパンを食事に出していた。馴染みのあるもののほうが安心すると思ったから。

でも、本当に食パンが理由かしら？

「ラスティ。どれが好き？　美味しいと思ったものを指差してくれる？」

「……ん」

小さな手が、恐る恐る動く。ラスティの指が示したのは、やはり食パンだった。自家製酵母を使用した食パンは、バゲットなどと比べて格段に柔らかい。孤児院の子どもたちも、食パンを出した日にはお代わりが多かったし、ハーネット領の町に売りに出掛けた時も、食パンはすぐに売り切れていた。

自画自賛で申し訳ないけど、かなりレベルは高い、と思う。

「パンが美味しいのね。わかったわ。じゃあ、また焼いておくわね」

「ん」

あら、ちょっと返事が早かった？　よっぽど気に入ってくれたのね。嬉しいわ。

素っ気なかったラスティの変化に胸を躍らせながら、クロックムッシュを切り分けた。


朝食を終え厨房に戻ると、サントスが食材を搬入していた。

「おはようございます。あ、奥様。前日頼まれた牛肉ですが、時期が悪くて、肩肉しか手に入れられませんでした。いかがいたしましょうか。使えないようなら、返品も考えますが？」

「肩肉？　ああ、ちょっと固いのね。大丈夫よ。ハンバーグにするから」

「ハンバーグ？　それはどういったもので？」

サントスは不思議そうな顔をする。

「簡単に言うと、肉を細かく切って、卵と玉ねぎとパン粉と一緒に混ぜて成型して焼いたものね」

ノースランドを含むこの世界では、肉はそのまま焼いて食べるのが主で、ミンチにして使うという発想がなかった。それに、肉は上流階級の食べ物で、あまり一般に出回らなかったため、食べ方のレパートリーが開発されていない。

教会にいた時、パンを売ったお金が結構あったので、年に一回の祝祭日に、肉を買いハンバーグを作ってみた。玉ねぎとパン粉でカサ増しをしたけれど、肉汁たっぷりで柔らかく、子どもたちが喜んでくれたのを思い出す。だから、ラスティにも食べてもらいたいと考えていたのだ。

「へえー！　奥様の生まれた地方にはいろんな料理があるんですねえ」

「私の生まれた地方、というか……うん、まあ、そうかも。あ、そうだわ。明日は強力粉を多めに仕入れてくれる？　あと、レーズンね。酵母を作っておかなくちゃ」

「はい、承知いたしました。パンをたくさん焼くんですか？」

「そう！　ラスティがね、朝食を食べてくれたの！　でね、また、食パンが食べたいのですって！」

嬉しくなって言うと。サントスは目を見開いた。

「おお！　ラスティ様が……それはよかった。元気がなくて心配していましたが、食欲があるなら安心だ……って、食パンってなんです？　この間注文された金型《かながた》に関係ありますか？」

「ええそう！　その金型を使って焼いたパンよ。じゃあ、サントスにも一枚……って!?　残ってないじゃないの！」

今朝焼いた食パンは、置いてあった場所にない。そこに残っているのはパン屑だけだ。

「シシリーね……食べてもいいと言ったけど、全部とは言わなかったわよ」

「ははは！　さすがシシリー、ハチャメチャだ。またホーキンスさんに怒られますね」

「毎日怒られているのにめげないのよ。ごめんなさいね、サントス。明日は多めに焼いておくから」

「気にしないで下さい。じゃ、明日楽しみにしています」

一礼すると、サントスは厨房を去った。

はあ、全くシシリーときたら……。

まあ、仕方ない。サラマンドの力を借りれば、お昼までにはもう一回焼けるわね。


「グレイスー、お肉、どのくらい細かくする？　すごく？　ほどほど？」

「ほどほど、かな」

「うん、わかったのよね！」

包丁を構えたブラウニーは、リズミカルに肉を切っていく。あまり細かくしてしまうと、肉汁が溢れやすくなってぱさぱさになる。ほどほどにしたほうが、肉汁を閉じ込めやすいのだ。

私は玉ねぎを刻み、パン粉を削る。朝、シシリーに駆逐されたと思っていた食パンは、危険を感じたホーキンスが二枚だけ隠しておいてくれたので難を逃れた。そのうちの一枚を風の妖精シルフィーに乾燥させてもらい、ハンバーグに使うことにした。

「おーい、グレイス嬢ちゃーん」

床の下、地面の下のほうからくぐもった声が聞こえてきた。頼みごとをしていた土の妖精ノームが帰ってきたのだ。

「お帰りなさい、ノーム。例のものはあった？」

「おうよ。ちょっくらハーネット領まで帰って、旨そうなやつを持ってきたわい」

よっこらしょと言いながら、ノームは床から這い上がる。その姿は、名作『白雪姫』の七人の小人そのもので、すごく妖精らしい妖精だ。

彼にとっては、地面に接していれば、石の床など障害物があっても通過可能。しかも、大地の中を通って、どこへでも行き来が出来る、まさに大地の化身である。

「ほれ、これじゃろ？　新鮮なニンニクじゃ！」

「わあ、ありがとう。アンダルシアの市場にはないって言われたから、助かったわ」

「ま、作物は土の質によって出来る物が違うからの。五個くらいでよかったか？」

ノームは茎がついたままのニンニクを差し出した。

「充分よ。じゃあ、ハンバーグ、一気に仕上げてしまいましょう」

ニンニクをみじん切りにして玉ねぎと一緒に炒め、粗熱をとったら材料全部をこねる。熱を材料に移さないように、手早く仕上げるのが重要だ。丸く成型して、じっくり焼き上げていき、その間にソースを作る。アンダルシア領特産のリンゴ。ラスティが大好きなそのリンゴをすりおろして、さっぱりとしたソースを作った。

全ての準備が整うと、ちょうどお昼になっていた。

ラスティもお腹を空かしているだろうと、早速部屋に向かう。すると、ラスティはお行儀よく椅子に座り、こちらを見ていた。

「ごめんなさいね、お腹が空いた？」

こくん、とラスティは頷いた。初めての意志のある動作に、私の胸は躍る。ほんの少し前までは、反応もしてくれなかったのに、今はこうして真っ直ぐ見つめてくれる。食事の時間を楽しいと思ってくれているの？　それなら、とても嬉しい。

「昼食はハンバーグを焼いてみたわ。あと、食パンにサラダとブドウ。飲み物はオレンジジュースね」

言いながらテーブルに置くと、ラスティは鼻をくんくんとさせた。ハンバーグに使ったニンニクが自己主張していて、胃を刺激する匂いを発している。作っていた私自身も、今、お腹が空いてたまらない。さすが、ノームが探してきたニンニクは、食欲増進を頗《すこぶ》る促す。

「ハンバーグにかかっているソースはリンゴをすりおろしたものよ。切り分けましょうか？」

ぶんぶん、とラスティは首を横に振った。

え……そんな、まさか……食べたくない、の？　肉はダメだった？　いきなりボリュームのある食事にしすぎたかしら。

普段、果物しか食べていないから、突然匂いのきつい、油っこい食事は無理があったか……。

愕然とし、肩を落としていると、ラスティが私をじっと見た。

「ご、ごめんなさいね。ハンバーグは食べたくなかった、のよね？」

ぶんぶん、とラスティは首を横に……ん？

「食べたい……の？」

「……ん」

えっと、どういうことだろうか。食べたいとは思っている、でも首を横に振った。

私は注意深くラスティを見る。すると、ラスティの視線がナイフとフォークに注がれているのに気づいた。

おや？　ひょっとして？　もしかすると？

「自分で食べたいのね」

「……ん」

ビンゴ‼　ラスティはハンバーグを自分自身の手で食べたいと思っている！

なんという奇跡でしょう。されるがまま言われるままだったラスティが、自分の意志を持ち、しっかりと主張した。

ああ、神よ、唯一神イリスよ！　感謝します。

悩める可愛い幼児が、あなたの加護で暗闇から光の道を歩み始めました。これからも神イリスに渾身の祈りを捧げ、イリスの名のもとに修行に励み……って、祈っている場合じゃない。

食事が冷めてしまうわ！

「わかったわ。じゃあ、はい。ハンバーグの真ん中にナイフを入れてみてね」

ラスティは頷《うなず》き、ナイフとフォークを手にした。四歳児だから、上手くカトラリーを扱えなくても問題はない。でもラスティは、とても美しい所作でハンバーグにナイフを入れた。孤児院の子どもたちにマナーを教えるのは大変だったけれど、ラスティに教えるのは簡単そうだ。亡くなった前公爵様たちの所作を見ていて覚えたのかしら。だったら、物凄く頭がいいわ。

「わっ……！」

ハンバーグから肉汁が溢れ出し、ラスティは声をあげた。視線も釘付けである。

「ふふふ。じゅわって出たでしょ？　これが美味しい証拠なの」

「ん」

「今度は細かく切って食べてみて！　熱いからふうふうしてね？」

「ん」

試行錯誤しているのだろうか。ラスティは、ナイフを持つ手を上げたり下げたりしている。どこで切ればいいのか探している様子に、自然と笑みが零《こぼ》れた。やがて、切るところの目星がついたのか、ラスティは静かにナイフを下ろし、ひと口大に切って、ふうふうと息を吹きかけた。

その仕草ときたらもう！　身悶えするほど尊い。地上に舞い降りた天使じゃないかと本気で考えた。

「ふうふうー」

「そう、上手ね。ふうふう」

「ふうふうー」

「そろそろ、冷めたかな？」

ラスティは、こちらを見て、すぐハンバーグを口に入れた。

その瞬間のラスティの表情を、私は一生忘れることはないだろう。子どもの幸せな表情が見たい。そう思って始めた前世の仕事だった。転生してもその信念は変わらない。

今まさに、ラスティはそういう表情をしていた。

「美味しい？」

「ん」

「嬉しいわ。作った甲斐がある。本当に嬉しい」

しんみりして言うと、ラスティが首を傾げた。感極まって泣きそうになったから、私、変な顔をしていたのかも。でも、感動で胸がいっぱいになっていたのだから、仕方ないわよね。

「ご、ごめんね。なんでもないわ。さあ、好きなだけ食べて。食パンもたくさん焼いたからね」

「ん！」

頷くと、ラスティは、食事のスピードを上げた。

その様子を見守りながら、至上の幸せを噛み締める。

そして、もう一度、神イリスに感謝の祈りを捧げた。

その日、ラスティに夕食を持っていってから、しばらくすると雨が降りだした。雨は止む気配もなく、夜の始め頃には土砂降りになっていた。

「よく降るわね」

「ほーへすねえ。ほんはにふふほって、ひつひはいへしょう（そうですねえ。こんなに降るなんて、いつ以来でしょう）」

「……シシリー、飲み込んでから喋りなさいと、何度言えば……あ、ちょっと、ソースをこちらに飛ばさないで下さい！」

仕事の終わった厨房では、シシリーとホーキンスと私が少し遅い夕食を取っていた。暴食の魔王のようなシシリーの食べっぷりに、ホーキンスがブチ切れる、というおいつもの光景が繰り広げられている。

最初、ホーキンスは私に、食堂で食べて下さいと懇願した。主人は食堂か自室で、使用人は厨房で食事をとるのが普通だと。しかし、食堂でひとりぼっちで食べるなんて味気ない。皆で一緒に食べたほうが美味しいと私が言い張ったため、厨房での食事を黙認しているのだ。

本日の夕食は『手打ち生パスタのカルボナーラ』だ。孤児院でもかなり人気の高かった生パスタは、ラスティにも気に入られた。ただ、長いものをフォークに巻いて食べるという作業が難しいらしく悪戦苦闘していた。跳ねるソースが頬につき、難しい顔をしてパスタと戦うラスティの初々しさに、私の心は洗われる。心が綺麗になったまま、眠りにつきたいと思ったのだが、シシリーの凄まじい食欲に、どんどん心が荒《すさ》んでいくのを感じていた。

「アンダルシア領は多雨の地区ではなかったわよね？」

　私はホーキンスに尋ねた。

「はい。どちらかというと降らないほうですね。一年に何回か降りますが、このような豪雨は本当に久しぶりで……八か月前のあの夜以来でしょう」

「あの夜って、前公爵様が事故死なさった……？」

「……ええ。今でも鮮明に覚えております」

　そう言いながら、ホーキンスはフォークを置いてナプキンで口を拭く。シシリーも思い出したのか、食事を終えて真面目な顔をした。

　ホーキンスは遠くを見つめながら話を続けた。

「ヒューズ様は、女王陛下が設立された『ギフト研究所』の所長をしておりました。文字通り神の恩寵であるギフトの研究をする機関で、とても多忙でいらっしゃいました。あの雨の日は坊ちゃまの誕生日で、久しぶりに王都から帰宅されることになっていたのです。しかし豪雨により、ぬかるんだ道に車輪をとられ……馬車は崖上から谷底に」

「そうだったのね……ラスティは悲しんだでしょう」

「ええ。坊ちゃまは、ヒューズ様の死を告げられても信じませんでした。しかし、いつまで待っても帰ってこないことに、やがて事実を理解したのでしょう。それからはずっと泣き続け、泣き尽くしたあとは、抜け殻のようになってしまい……我々も、胸が張り裂けそうでした」

「ああ、なんてことでしょう……」

思わず指を組んで祈りを捧げた。私の脳裏に、その日の光景が浮かんでくる。

運命は思うままにならないとはわかっているけど、幼い子どもにこのような試練はあまりにも残酷すぎる。

「こんな雨の日は、あの夜の悲劇をどうしても思い出してしまいます」

「ラスティも……思い出すかしら」

何気なくホーキンスに返すと、途端に不安になった。父親が亡くなった雨の夜。同じように窓を叩く豪雨は、悲劇の記憶を呼び覚ますのではないか。

だとしたら、ひとりにしておかないほうがいい。

「私、ラスティの様子を見てくるわ」

「助かります。奥様が来てから、坊ちゃまは悲劇から立ち直りつつある。我々がなにをしても変わらなかったものをほんの数日で変えた奥様が側にいれば、坊ちゃまはきっと大丈夫でしょう」

「買い被りよ。でも、ラスティを助けたいとは思っているわ」

ホーキンスに微笑み返し、ランプを手に取ると、私はラスティの部屋へと向かった。

雨はその強さを増し、雷鳴を呼ぶ。空に走る稲光は否応《いやおう》なしに不安を煽《あお》り、階段を上る足を一層早めた。

「ラスティ？　もう寝てしまった？」

小さく声を掛けながら部屋の扉を開ける。返事はない。ランプを掲げながらゆっくりとベッドに近づくと、ラスティを探した。

その時、稲光が走り、部屋全体が明るく照らされた。

「ひっ」

小さく悲鳴が聞こえた。出所は、ベッドの上のこんもりとなった部分から。ラスティは毛布を頭から被り怯えている。きっと悲劇の夜を思い出して。

「ラスティ？　グレイスよ」

ゆっくりとシーツを剥ぐ。ラスティは震えて泣いていた。小さな体を更に小さくして、悲しみから身を守るように。ああ、やっぱり、心配したとおりだった。

「ラスティ！　ラスティ！　大丈夫、大丈夫だから」

宥《なだ》めて優しく背中を摩《さす》る。それでもラスティは、身を縮こませて泣いていた。一度負った心の傷は、根深く残るものだとシスタークレメンスは言っていた。

でも、たとえそうだとしても、私はラスティの力になりたい。

「ラスティ。一緒にいるからね。ずっと、一緒に」

そう言いながら、後ろからぎゅっと抱き締めた。相変わらずラスティは泣き続け、震えも止まらない。雷鳴が轟《とどろ》くたび叫び、稲光に身を固くする。

私では家族の代わりにはなれないかもしれない。けれど、側にいることは出来る。

そんな思いを胸にラスティを抱き締め続けた。


明け方になると、雨はすっかり上がっていた。

腕の中にはラスティがいて、健やかな寝息を立てている。どうやら、あのままふたり、眠ってしまったようだ。朝の光に照らされたラスティの顔は、昨夜の出来事が嘘であったかのように幸せそうに見える。

そろそろ朝食の支度をする時間だ。ラスティを起こさないように静かに起きて、物音を立てないようにベッドから降りる。そうして、歩き出そうとした瞬間、小さな声が聞こえた。

「お、おかあさま……」

「え?」

振り返ると、ラスティが半身を起こしてこちらを見ていた。

「お、おはよう、ラスティ。今……おかあさま、って言った?」

「ん……はい」

「まあ！」

ラスティが……喋った。しかも、私のことを『おかあさま』と！

嬉しさのあまり走り寄り、ベッドの上に座ってラスティを覗き込む。するとラスティは、もじもじしながら、えへっと笑った。

「初めてお話ししてくれたわね。とっても嬉しいわ」

「ごめん、なさい。ぼく、ずっとかなしくて……」

「いいのよ。とても辛いことがあったのだから当然だわ」

「でも……きのうの夜、おかあさまがいっしょにいてくれて、うれしかったの……かなしくなかったのです！」

緑色の瞳をきらきらと輝かせ、私に一生懸命語るラスティ。その姿を見て、ホーキンスの話を思い出した。悲劇が起きた嵐の夜、ラスティはずっと父親の帰りを待っていた。楽しい誕生日になるはずが、一転、悪夢のような真実を告げられるなんて、大きなトラウマになっていたに違いない。

ラスティはきっと、誰かに抱き締めてほしかったのだ。ずっと一緒にいると言ってくれる誰かを、心のどこかで待っていたのだろう。

でも、そんなこともうどうでもいい。こうして、ラスティが笑顔を取り戻したのだから。

「おかあさま？」

「ん？　なあに？」

「ぎゅっ……てしても、いいですか？」

ラスティは上目遣いにこちらを見る。その破壊力は凄まじく、私の心は一瞬で鷲掴みにされてしまった。どうしよう、今ぎゅっとされたら失神するかも……。

しかし！　このお願いは絶対に断らない！（断れない！）

「もちろんよ、ラスティ」

腕を広げると、ラスティは花が咲いたような笑顔で胸に飛び込んできた。そして、細い腕をいっぱいまで伸ばし、小さな手で私の背中を掴む。

「おかあさま、いっしょにいてくれるって、おやくそくしてくれますか？」

「ええ。お約束しましょうね」

ラスティと私の間に、穏やかな時間が流れる。

いつの間にか、窓の外に虹が出ている。ふたりの新しい関係を祝福するかのような虹は、アンダルシア屋敷の上に大きな弧を描いていた。

ぐうー。

突然ラスティのお腹が鳴り、朝食の支度の件を思い出す。いつもより、だいぶ時間が過ぎている。

「ラスティ、朝食の準備をしてくるわね」

「は、はい……おなか、すきました」

「今朝はクロックマダムにしようと思っているの」

「くろっくまだむ？　くろっくむっつなら知っています！」

くろっくむっつ！　いやん、可愛すぎ！　シュが上手く発音出来ないのね。

キュン死しそうになったけれど、深呼吸をして冷静さを取り戻す。

「おかあさま」と慕う人物が、本能のままに、可愛い尊いを連発する変態だと知られたら、きっとラスティに嫌われる。それに、神に仕える聖職者（見習い）が煩悩に塗《まみ》れているなんて……ダメでしょ？

「クロックマダムはね、クロックムッシュに目玉焼きを載せたものよ」

「わあ、おいしそう！　早く食べたいです！」

「ええ。すぐに作るわね。さあ、そろそろホーキンスが起こしにくるわ。いい子で待っていて」

「はい、おかあさま」

ラスティはすっと身を引くと、姿勢を正して言った。こういうところはさすが公爵家の血統だと恐れ入る。気品に溢れていて優雅。子どもだと思っていても、アンダルシア家の気風を持っているのね。

さて、ラスティを見て、生真面目執事はどんな顔をするかしら。いたずらを仕掛けたような気分になりながら、私は軽い足取りで厨房に向かった。

第二章　厨房で朝食を

（ロズベルグサイド）


王都、『ギフト研究所』にて。

多数の書物に囲まれた所長室で、私はいつものように仕事をしていた。

ここはフェリシア女王陛下の命により設立された施設で、ギフトという謎の力を調べている。近年各地に現れるギフト所有者を、軍事利用する計画がイーストガーデン国で始まっているという情報を得た。それを阻止するため、女王陛下が兄ヒューズに命じ、研究所を設立したのだ。

ノースランド国の目的は、あくまでもギフト所有者の保護と他国への流出の防止。また、所有者を密かに監視するという任もある。

兄の事故死により、次は私が研究所の所長に任命された。以前は陛下の警護の任に当たっていたが、家督を継ぎ公爵になったため、その任を解かれた。領地の運営と警護は、兼任が難しいからだ。

アンダルシア公爵の地位とギフト研究所の所長。それらを同時に手に入れたことを、都合が良すぎるのではと、勘繰る者もいた。だが、自分の正しさは自分が一番知っている。そう思い一蹴した。

私は、昨日届いた書類に目を通す。ここに届く書類には、現在ノースランド国に存在するギフト所有者の動向が記されている。もちろん、能力を把握している者だけだ。隠している者も相当数いるのは知っている。むしろ、隠している者のほうが、驚異的な力を持っているだろう。かく言う私もそのひとりだ。十六歳の時、父が亡くなった。そのすぐあと、ギフト『虚言の発覚』に目覚め、自分に嘘を吐く者を見抜くことが出来るようになった。ギフト所有者が力を隠す理由は様々だが、他者に利用されないためとか、国に知られて監視されないため、そして、ギフト能力の特性上、知られないほうが優位に立てるため、とかがある。ちなみに、私の場合は最後の理由だ。

手元の書類には、ハーネット領のギフト所有者『アレイシア・ハーネット』の動向が記されていた。確かグレイスの異母妹だったな。不意に、穏やかで呑気そうな彼女、グレイスの顔が浮かんだ。ミルクティーベージュの髪に、丸く大きな瞳。そして、凡庸な容姿。

あと、やたらと旨そうな食事の匂いも……。

腹が鳴りそうになり、急いで思考を書類に戻す。

『アレイシア・ハーネット、十七歳。家族構成、父親（生存）、母親（死別）、姉がひとり。ギフトは『癒しの風』。治癒能力は汎用性が高いため、評価は『A』。しかし、ギフト能力を違法行為に使っている疑いあり。モニタリングを続行する』

調査結果は、あまりよいとは言えない。分不相応な力を持ってしまうと、人はどうしてもそれに振り回される。悪用して、対価を求めるという行為をしがちだ。アレイシアも例に漏れず、そちら側になっているのだろう。ただ、彼女は研究対象としてはとてもいい。ギフトを私利私欲に使用した結果がどうなるか、そのデータには価値がある。

書類を引き出しにしまい、部屋の隅にある金庫に近づいた。真っ黒で巨大な金庫は、現在使用出来ない。というのも、誰も金庫の開け方がわからないからだ。金庫に鍵穴はなく、もちろん無理矢理引っ張ってもびくともしない。兄の死後、開かずの金庫になってしまっていたのだ。

兄ヒューズは、金庫に大切な物をしまっていたらしい。一度なにが入っているのか聞いたことがあったが、上手くはぐらかされてしまった。内緒にしておきたいのか?と思い、それ以降、探るのを止めた。今思えば、無理にでも聞いておけばよかったと思うが、時すでに遅し、だ。

ぼうっと考えていると、誰かが所長室の扉を叩いた。

「ロズ。いるかい?」

「ん? ああ、シーカーか。入ってくれ」

私は友人を招き入れた。シーカー・アルノッド。伯爵家の三男である彼は、私と同じ年で学校の同期である。また、ギフト研究所の一員で、兄の命で各領地のギフト所有者を調べ出していた男だ。設立当初からここにいて、おそらく私よりもギフトに詳しい。だが、本人にギフトはなく、それをいつも残念がっていた。

「おや、ちょっと痩せたんじゃないのか？　忙しさにかまけて食事を抜くなよ？」

「ふん、食事なんて一日一回で十分だろ」

「やれやれ、空腹で倒れるなよ……っと、また眺めていたのか？」

金庫前に立ち竦んでいた私に気付き、シーカーが問う。

「いや、そうじゃない。そうじゃないが、たまに考えるんだよ。なにが入っているのか、とな」

「開かないとわかれば、開けたくなる。それは人の性《さが》だからねえ」

シーカーはわかったふうに微笑むと、ソファーに腰掛けた。それから、やたらと失望感に溢れる表情で切り出した。

「そういやさ、君、結婚したんだって？　どうして言ってくれなかったんだよ！　水臭いじゃないか」

「言う必要はないと思った」

「うわ。出たよ。この冷血漢はいつもそうだ。はあ……友人の結婚を噂で知るなんて最悪だよ」

「噂？　なんで噂になるのだ？　他人にはどうでもいいことだろう？」

するとシーカーは大きなため息を吐いた。

「はあー、ロズ。悔しいが、君は案外ご婦人方に人気があるんだよ。そんな君の結婚話が噂にならないはずがない」

「ふん、それは知らなかった」

人気がある？　迷惑も甚《はなは》だしい。私は誰にも関わりたくない。特に『女性』という生き物に対しては嫌悪感しか抱けない。

「やれやれ、女性嫌いは相変わらずのようだね。それでよく結婚しようと思ったもんだ。で、誰なんだい？　可哀想な被害者は」

「グレイス・ハーネットだ」

「ハーネット……？　おいおい、アレイシア・ハーネットと関わりがあるのか？」

「異母姉だ。だが、関係は断っているようだ。グレイスは、ハーネット家を出て、今はエバンス教会でシスター見習いをしている……いや、していた、が、正しいか」

冷やかしながら聞いていたシーカーは、突然目を見開き叫んだ。

「シスターだって⁉　シスターって結婚出来ないよね？　あれ？　見習いは俗世に戻れるんだっけ？　それにしても、いったいどういう経緯で⁉」

「落ち着け。最初の質問に答えよう。シスター見習いは結婚出来る。終生誓願《しゅうせいせいがん》がまだだからな。次の質問には答えない。私的な事情だからだ」

たとえ友人だろうと、プライベートに踏み込んでほしくない。それに、真実を語ったら「鬼だ悪魔だ」と言いまくるに違いない。そうなったら面倒だ。

彼女とは両者納得した上での結婚。それだけでいい。

「私的な事情？　なんだか怪しいなあ。ラスティ君も納得しているのかい？」

「それは、わからない。あの子はなにも喋らないからな」

「はあ……全く……君は、仕事は出来るが人としてはダメダメだ。しかし、そんな君に朗報がある！　これを読め！」

「手紙？　ふん、誰から……っ！　この封蝋は、陛下の!?」

得意げにシーカーが渡してきた手紙には、赤い蝋にカメリアの封が押されていた。

ノースランド国フェリシア女王のみが使う封蝋だ。早速中を確かめると、こう書かれていた。

『ロズベルグ・アンダルシア公爵。このたびの卿の婚姻にあたり、私からの祝いとして、ひと月の休暇を与えます。アンダルシア領に戻り、心ゆくまで、家族サービスをするように』と。

「なっ、なんだと!?」

迷惑極まりない！　声に出しては言えないが、本当に勘弁してくれと思った。なんのためにグレイスを妻にしたと思っているのだ。辺境ハーネット領まで赴き、理想的な人材を雇い入れたのは、私が安心して王都で仕事に励むためだ。

「よかったな、ロズ」

どこがだ？

「ヒューズ所長が亡くなってから、君は働き詰めだったろう？」

好きで働いていたのだが？

「領地でゆっくり休んでこい、という陛下の心遣いだよ」

……余計なお世話だ！

呑気に笑うシーカーを睨《にら》みつけ、手紙を握り締める。

無視して王都のアンダルシア屋敷に残るか？　いやそれは出来ない。これはれっきとした王命なのだから。

私は憂鬱さを隠しもせず、長いため息を吐いた。


「わあああああん。ラスティ様ー！　本当によかったですぅー」

クロックマダムをトレイに載せて部屋に戻ってみると、ラスティに縋《すが》りつくシシリーがいた。ホーキンスから聞いて駆けつけたのだろう。その顔は涙でぐしゃぐしゃで、どれだけ心配していたかが窺《うかが》える。ずっと喋らなかったのだから、当然といえば当然だ。しかし、縋りつかれたラスティはこちらに視線を送り、助けを求めているようだ。

「シシリー、ラスティの朝食の時間なのだけど」

「へ？　あ？　申し訳ございません！」

「いいのよ。厨房にシシリーとホーキンスの分も用意しているから食べておいてね」

「わっ！　いつもありがとうございます、奥様！」

目の色を変えたシシリーは、涙を拭《ぬぐ》うと部屋をあとにした。

静かになった室内には、きちんと着替え終わったラスティがなにかを尋ねたそうにしていた。

「どうかした？」

「……おかあさまは、食べないのですか？」

「え？」

「おかあさまはいつ、食べているのですか？」

んん？　あ！　いつ、食事をしているか？ってことかしら。

いつも見ているだけだから、疑問に感じたのかもしれないわね。

「ちゃんと食べているわよ。ラスティが食べたあとでね」

そう答えると、ラスティは涙目になった。

「ど、どうしたの？」

「おかあさまは、ぼくやみんなのために、あたたかくておいしいものを作ってくれているのに、おかあさまが食べるときは、つめたくなっているなんて、かわいそうで……」

「ラスティ……」

なるほど。自分やホーキンスたちは温かい料理を食べているのに、私は冷めた料理しか食べていないと、悲しんでくれているのだわ。

確かにラスティが食べ終わるまで待つと、料理は冷めてしまう。それどころか、シシリーに平らげられてほとんど残っていない時もある。

でも、それを不満に思ったことなど一度もない。私が見たいのは、食事によってもたらされる皆の笑顔なのだから。

心配しなくてもいい、そう告げようとすると、ラスティが思いついたように言った。

「ぼく、おかあさまと食べていいですか？　それだったら、あたたかいりょうり、食べられるでしょ？」

「……えっ……と……いいの？　ひとりじゃないと食べにくいと聞いたわ」

「そうだったんですけど……おかあさまとなら……だいじょうぶだと思います」

ラスティは決意に満ちた瞳で頷いた。今までひとりで食べていた子にとって、これはすごく重大な決断だっただろう。この提案を断る理由などない。

「嬉しいわ、ラスティ。一緒に食べましょうね」

「はい。おかあさまはお部屋で食べているのですか？」

「いいえ。厨房よ」

「ちゅう……ぼう？　それはどこですか？」

ラスティはきょとんとしてこちらを見上げた。

しまった……嬉しさのあまりついぽろりと……。公爵夫人が厨房で食べるなんて普通ではあり得ない。ていうか、ラスティは厨房の存在すら知らないわよね……？

「おかあさま？」

「あ、え、えーとね、厨房とは食事を作るところよ？」

「しょくじを……作る……じゃあぼくもちゅうぼうで食べます。おかあさまといっしょがいいですから」

「え……？」

それは、許されるのだろうか？　ラスティの気持ちはとても嬉しいけれど、天下のアンダルシア公爵令息が厨房で食事をするのは、ダメじゃない？

ロズベルグからは、ラスティを立派な跡継ぎにするようにと頼まれている。変な習慣をつけてあとで怒られるような事態は避け……。

「ダメですか？」

「ダメじゃないわ。一緒に食べましょうね！」

なんてこと……思わず許可してしまったわ。潤んだ瞳でこちらを見上げるラスティのお願いを、誰が断れるというのだろう。断れる人がいたらそれは、人間じゃない。

よし、腹を括《くく》るわ。なにか言われたら、私が全責任を持ちましょう。厨房で食事をする公爵令息がいたっていい。神様だってそうおっしゃるわ。

ラスティと一緒に厨房に行くと、食事中のホーキンスとシシリーが激しく噎《む》せた。

「ご、ごほっ、坊ちゃま!?　どうしてここに？」

「んごっ、うぐっ……」

私は食事を喉に詰まらせたシシリーの背中を摩り、状況を説明した。

「ええっ、坊ちゃまもここで一緒に食事を？　せめて食堂にしていただけませんか？」

「そう思ったのだけど、私がここで食べていると口を滑らせたら、厨房で一緒にって」

「しかし、使用人の私どもと一緒ではいけませんでしょう⁉」

「そうかしら。食事は皆で食べたほうが美味しいわよ」

「で、では、奥様と坊ちゃまは食堂で、私とシシリーは厨房で、と分けたらいかがですか？」

ホーキンスはなかなか首を縦に振らない。その膠着状態を打破したのはなんとラスティだった。

「ぼく、ここで食べたいです。しょくどうは広くて寒いから。ちゅうぼうはあたたかくて好きです」

「坊ちゃま……はあ……承知いたしました。しかし、旦那様が帰宅なさるまで、ですよ」

「ええ。ありがとう」

「あ、ありがとう。ホーキンス」

ラスティにお礼を言われて、ホーキンスは思い切り目尻を下げた。そんな上司の締まりのない表情を見て、シシリーはくくっと笑う。しかし直後、刺すような視線を向けられて笑いを呑み込んだ。キジも鳴かずば撃たれまい、とはまさにこのことである。

話が纏まり、改めて皆で朝食を始めた。久しぶりに人と食事をともにするラスティは、やや緊張した面持ちだ。ホーキンスとシシリーは、そんなラスティを慮《おもんぱか》り、少し離れた場所に座り食事をとる。彼らの気遣いに緊張が解《ほぐ》れたラスティは、クロックマダムを口いっぱいに頬張り、幸せそうに咀嚼した。

皆で食べる朝食は、笑顔に満ちている。ラスティもホーキンスもシシリーも皆、楽しそうだ。

そんな様子を見ていると私も、自然と笑顔になれた。

「奥様が来てから、アンダルシア家は良いこと尽くし、ですよねえ。ラスティ様は元気になるし、料理は美味しいし、なんだか屋敷全体が明るくなったような気がしませんか？」

食後のお茶を啜《すす》りながら、シシリーが言う。

「あなたは料理が美味しいのが一番嬉しいのでしょう？　しかし、公爵家の奥様にいつまでも料理をさせるわけにはいきません。旦那様にお願いして、早めに料理人の募集をかけなければ」

「え？　そんなのいいわよ、ホーキンス。私、料理が好きだから」

「そういうわけにはいきません。旦那様もお怒りになるでしょう」

「それはないと思うわ」

確信をもって答える。私はラスティのために雇われた、妻という名の使用人。使用人がその他の業務を負ったところで、雇い主は文句を言うまい。

でも、なにも知らないホーキンスたちは、納得しないかもしれない。適当なことを言って誤魔化しておこう。

「ロズベルグ様には、私の趣味が料理だとお伝えしているの。だから怒らないわ」

「知っておられるのですか。ふむ、でしたら問題はありません。では今後もお願いしてもよろしいでしょうか？　実は、私、今まで食べた料理の中で、奥様の料理が一番美味しいと思っております」

「本当？　その言葉が一番嬉しいわ！」

「わ、私もそう思っておりますわ、奥様！」

何故か負けじとシシリーが叫ぶ。すると、ラスティも「ぼ、ぼくもです」とおずおずと手を挙げた。

「ふふっ、皆ありがとう」

「ありがとうだなんて、もったいない！　でも、旦那様はなにをお考えなのでしょうね。自らが望んで求婚した奥様を放っておいて、王都でお仕事三昧だなんて。そんなことあります⁉」

「これ、シシリー。坊ちゃまの前ですよ……」

「だって、ホーキンスさん！　あんまりじゃないですか。新婚なのに」

「あ、別に気にしていないわよ」

あっけらかんとして答えると、シシリーは目を丸くした。思っていた答えと違って、驚いたのだろう。心配してくれたシシリーには悪いけれど、本当に、心の底から、全く気にしていない。なんなら、このまま会わなくてもいいとさえ思う。

ロズベルグ・アンダルシアという人は、そこはかとなく面倒臭い人のような気がしたのだ。

馬車の中で話はしたが、必要事項だけ。目も合わさなければ、冗談を言うでもない。本当に、妻という名の使用人を探しに来たのだと感じていた。

「私はラスティがいれば平気。料理を笑顔で食べてくれる人もいるし、とっても幸せよ」

言いながらラスティを見る。ラスティはクロックマダムを平らげて、食後のホットミルクを飲んでいる。口の周りに出来た白いあとがとてもキュートでたまらない。

「うっ、お、奥様……なんて健気な」

シシリーは目に涙を浮かべた。なにをどう勘違いしたのか、彼女は私が無理をしているという結論に至ったようだ。まあ、それでもいいか。もう面倒だから放っておこう。

朝食を終え、ホーキンスとシシリーは仕事に戻り、私はラスティを連れて庭に出た。前公爵が存命の頃は、よくラスティを連れて庭に出ていたらしい。久しぶりに外の空気を吸ったラスティは、すうっと大きく深呼吸していた。

アンダルシア家の庭はサントスが手入れをしていて、上品でありながら素朴に整えられている。人の手が多く入った庭とは違い、外の森との調和を大切にしながら、自然の延長として考えられている。前世でいうところの『イングリッシュガーデン』に近いと感じた。

「おや、ラスティ様、グレイス奥様。おはようございます」

後ろから声がして振り返ると、サントスが立っていた。

「おはよう、サントス」

「お、おはよう」

控えめなラスティの声に、サントスの目尻が下がる。ラスティが元気になったことは教えていたが、こうして間近で話すのが久しぶりだったであろう彼は、噛み締めるように笑って頷いた。

「今日はどうしてお庭に？」

「ふふ、ラスティと外で遊ぼうと思って。この辺りに、走り回れる場所はないかしら？」

「ああ、ございますよ。そこの生垣の向こうなどぴったりだと思います。どうぞ」

サントスに連れられてゆくと、そこには、子どもが遊ぶのにぴったりな広場がある。園芸の資材が置いてあることから、これから庭に仕上げていく途中だったのだと思う。

「まあ、いいわね！　でも、いいの？　植樹する予定だったのでしょう？」

「いいえ。これから寒くなるので植樹はしません。一応土の手入れをしておこうかと思っていただけで、使う予定はないのです」

「そうだったの。じゃあ、使わせてもらうわね。これから午前中は頻繁に来るかもしれないけれど、構わない？」

「もちろん！」

頷くと、サントスはラスティの前に屈《かが》み込む。それから、破顔《はがん》して言った。

「危ないものは片付けておきますので、存分に走り回って下さいませ、ラスティ様」

「あ、ありがとう」

「私からもお礼を言うわ、サントス」

「とんでもございません。あ、奥様、今度ひとつお願いがあるのですが、よろしいですか？」

「え、ええ。いいわよ？」

なんだろう？　と首を傾げている間に、サントスは素早く園芸資材を片付けて去った。

私はラスティに向き直る。

「さあ、なにをして遊ぶ？」

「なんでもいいのですか？」

「もちろんよ。どんな遊びが好き？」

尋ねると、ラスティは小さく唸った。うーんうーんと考える様子は、抱き締めたいほどキュートだ。しかし、ラスティは、しばらく考えたあと、悲しそうな顔をした。

「ごめんなさい、いつも本を読んですごしていたから、あそびをあまり知りません」

「あっ、いいのよ、謝らないで。そうねえ、じゃあ私が考えてもいい？」

「はい」

大きく頷いたラスティを横目で見つつ、彼が喜びそうな遊びを考える。子どもの成長に、外遊びは必要だ。太陽の光を浴びて体を動かすことで、午後からのお昼寝にスムーズに移行出来る。孤児院でもそうしたスケジュールを組んでいて、皆健康そのものだった。

今までの不健康な生活を考えると、すぐに活発な運動はしないほうがいい。ちょっとした遊びの中に附帯するものとして、軽く考えたほうがよさそうね。

ふたりで出来て、適度に運動になる遊び……あ、そうだわ！　孤児院で流行らせたあれがあった。

「イリス様が笑った、っていう遊びがあるの。やってみる？」

「イリスさま？　はい、やってみたいです！」

ラスティは叫んだ。

『イリス様が笑った』がどういうものかというと、実は『だるまさんが転んだ』である。この世界で馴染みのないだるまを、教会ならではの工夫でイリスに変えただけなのだ。

ラスティに説明をすると、割と簡単に理解した。でも、言葉で言うのと実際やるのとではわけが違うので、早速始めることにした。私がちょっと離れた大木の前に行き、後ろを向く。ラスティも定位置につく。そして『イリス様が笑った』と唱え、振り向くと……。

止まろうとした反動で、ラスティはぐらりとバランスを崩した。

「っとととと」

「ふふ。大丈夫、慣れてきたらぴたっと止まれるようになるから」

「そ、そうなのですか？」

「ええ！　二回戦、行きましょうか」

その後、私たちは役割を交代しながら、遊び続けた。何回かするとラスティは上手くなり、私の目を掻《か》い潜《くぐ》って背中に触れるまでになった。

「そろそろ昼食の準備があるから、私は行くわね。シシリーと交代するわ」

「はいっ。たのしかったです！　また、あそんでくれますか？」

「いいわよ。明日は他の遊びもやってみましょうね」

そう言うと、ラスティは私の膝にしがみつき「おかあさま、だいすきです」と呟いた。


それから数日が過ぎたある朝、私とラスティは清涼な森を散策に出掛けた。

アンダルシア屋敷の庭には、森へ抜ける門があって、出ようと思えばすぐ外に行ける。ただ、小さいラスティがひとりで出ないようにと門にはいつも鍵が掛かっていた。ホーキンスに鍵を借り、あまり遠くに行かないようにとの注意を受けると、早速森の中へと繰り出す。

ノースランド国の北方にあるアンダルシア領は、ハーネット領に比べるとだいぶ寒く朝方は特に冷える。少し季節が進むと平地にも雪が降り、山は白く色づくという。今は、日本でいうと初秋の気候で、冷ややかな空気がとても心地よく感じた。

「ラスティは森の中に入ったことあるの？」

「すごく小さいころ、おとうさまに連れられて入ったことがある気がします。小さすぎてあまりおぼえていないけど」

「そう」

前公爵は、忙しい合間を縫って、ラスティとの時間を大切にしていたのね。小さくて覚えていなくても、記憶の片隅に残っているのだわ。だって、私と手を繋いで森を歩くラスティは、とても穏やかな顔をしているもの。

そういえば、屋敷の窓から見た時、森を抜けたところに広い湖があったけれど、歩いて行ける距離かしら？　ハーネット領には湖がなく川も遠かった。したがって魚が手に入らない。前世のように流通が発達してないから、生ものを運ぶ手段もなく、転生してから一度も魚を食べていないのだ。

屋敷に帰ったら、ホーキンスに湖へ行く手段を聞いてみよう。栄養があってヘルシーで、美味しいと三拍子揃った魚料理を、ラスティたちに食べてもらいたい。湖で鱒《ます》か岩魚《いわな》が釣れるのなら、食生活がもっと充実するに違いないわ。

そんなことを考えながら、ラスティの手を引き歩いていると、やがて整備された道に出た。道の向こうから馬車がやって来る。ここはアンダルシア家に続く一本道、馬車の行く先が公爵家であるのは間違いない。

いったい誰だろう、とラスティを後ろに移動させて道の端に避ける。近づいてくる馬車は、黒塗りで大きくとても立派だ。なんとなく、ここに来た時の馬車に似ているような……。

馬車はこちらに近づくと速度を落とし、側で停止した。

扉が開く。すると、見たことのある仏頂面《ぶっちょうづら》がそこにあった。

「こんなところでなにをしている？」

「げ。ロ、ロズベルグ様⁉　おっ、お、お帰りなさいませ。今、散歩をしておりまして」

最初の「げ」は聞こえていただろうか？　聞こえていないことを祈りつつ、鼓動を鎮《しず》めるため深呼吸をする。

先日『このまま会わなくていい』なんて言ったから、フラグが立ったのか……。見事にフラグを回収してしまい、愕然とした。しばらく会わないと思って吐いた適当な嘘が、自分の首を絞めるとは！と冷や汗をかく私に、冷たい視線を送りながらロズベルグは言う。

「屋敷に帰るなら乗れ」

「は、はあ」

本当はラスティとふたりで歩いて帰りたかったが、今、彼の心証を悪くするのは得策ではない。ここはあまり逆らわずに……。

「ありがとうございます。ではラスティ、先に乗って？」

「はい、おかあさま」

「は？　ラスティ⁉　どうしてお前が⁉」

ロズベルグが大声を出し、ラスティの肩がビクッと震えた。どうやら私の影にいたラスティに気づかなかったようだ。ただ、驚いた原因はそれだけではないはず。元気のなかったラスティが、しっかりと喋るようになったのが、信じられないのだと思う。

「……ラスティは、随分元気になったのだな」

「ええ。もうすっかり。たくさん食事も食べますし、とてもいい子なのですよ」

にっこり笑って視線を送ると、ラスティははにかんだ。

「そ、そうか。問題ないのならそれでいい。まあ、ふたりとも座れ」

「はい。では」

ロズベルグの前面にラスティと並んで腰掛けると、馬車は静かに動き出す。

沈黙が……続く。屋敷はすぐそこだから、ちょっと我慢すれば解放される。けれど、あまりにも不自然だと感じ、私はその沈黙を破った。

「ロズベルグ様、お仕事は一段落したのですか？」

「していない」

「あら。お忙しいと聞いていましたから、お戻りはもっと先かと思っていましたが……」

「……いや」

ロズベルグは、不貞腐《ふてくさ》れたように視線を逸らす。聞くな、ということ？　なによ、不貞腐れたいのはこちらのほう。ラスティと仲良く戯れるという予定を潰されたのだから。

もういいわ、黙っておこう、と心を決めた途端、ロズベルグが口を開いた。

「女王陛下に、ひと月休みを取れと命じられた」

「まあ、どうしてですか？」

「新婚だから、だそうだ」

「あ……」

そうだった。私この人と結婚したのだったわ。ラスティの母親という認識が大半を占めていたからか、うっかり、いや、すっかり忘れていた。

「とにかく、約ひと月ここに滞在するが、私のことはいないと思って過ごしてくれていい。こちらもそうする」

「いないと思え、というのは無理かと思います。だって実際いますから」

「……干渉するな、ということだ」

面倒臭そうに言い直すと、ロズベルグは勝手に不機嫌になり窓の外に目を向けた。

全く。これはラスティより厄介な相手かもしれない、と私は呆れて肩を竦めた。


（ロズベルグサイド）


屋敷に着き、グレイスたちと別れると、出迎えていたホーキンスを書斎に呼んだ。

「あれはラスティか？　まるで別人だが!?」

「は、はあ。坊ちゃまで間違いございません。いったいどうなさいました？」

「い、いや、驚いただけだ」

そう、とても驚いたのだ。馬車の中では冷静に対応したが、本当は根掘り葉掘り、ラスティの変貌の理由を聞いてみたかった。だが、心の傷がそれを許さなかった。グレイスはシスター見習いであり、他の女性より多少善良だ。しかしそれでも「狡猾《こうかつ》で醜悪な女性」に分類される。信用はしない、絶対に。

「グレイスが来てから、ここでなにがあったのかを聞きたい」

「畏まりました。まず奥様は、やって来た次の日から、厨房で調理を始めました。これは、シシリーの料理が危険だと判断したためだと思います。奥様本人も料理がお得意だということで、坊ちゃまに朝食を作って下さいました」

「料理……ああ、そうだったな」

鼻腔に例の匂いが甦る。長閑な高台にある教会の孤児院で嗅いだ、素朴なシチューの匂い。懐かしさを呼び起こすそんな香りだった。どうしてグレイスに関するなにかを聞くたび、香りと思いが呼び覚まされるのか、それが不思議でたまらない。

「最初坊ちゃまは食事にも反応を示しませんでした。しかし、奥様は諦めず料理を作り続け、とうとう坊ちゃまは料理を食べ始めました。そして、先日の嵐の夜、坊ちゃまが怖がっていないかと心配した奥様は部屋を訪ね、一晩中寄り添っておいででした」

「それで心を開いたというのか？　急に？」

「急ではございません。奥様は坊ちゃまの心を慮り、いつも最善の選択肢を取っていたように思います。無理強いせず、しかし、少しずつ光へ導くように。そんな優しさが、坊ちゃまに届いたのだと、私は考えます」

「う、ん。優しさか。よくわからないが、とにかく彼女に頼んで正解だったわけだな」

ホーキンスは苦い顔をした。

「旦那様。奥様はいい方です。人としても女性としても。そんな奥様を騙している気がして心が痛みます」

「騙してなどいない。お前は知っていて知らないふりをしているだけだろう」

グレイスを妻に迎えるにあたって、ホーキンスには全て伝えていた。

彼女はシスター見習いで、ラスティ付きのナースメイドとして雇ったこと。妻という名目だが、それはラスティが十歳になるまでの期限付き。両者納得した上での契約結婚なのだと。

伝えた上で、グレイスの行動を監視し、報告しろと言った。

「それは騙しているのと同じこと。旦那様が女性を信用していないのは知っておりますが、私は奥様の人柄を信じます」

「信じて裏切られてもか？」

「ロズベルグ様……」

頭を振り、ホーキンスは目を伏せた。こういう話になると、出口の見えない問答になるのを私たちは知っている。

七歳の時、アンダルシア家に勤めていたメイドが、私を誘拐し奴隷商人に売ろうとした。彼女は勤続年数が長く、優秀で、ホーキンスも一目置く頼りになる存在だった。母親を早くに亡くした私は、優しい彼女に懐き、とても信頼していた。

だから、その言葉を妄信してしまい、簡単に騙されてしまったのだ。

兄ヒューズとホーキンスがいち早く気づいて、メイドを捕まえてくれなければ、私は今頃他国で奴隷になっていたかもしれない。世界には、美しい少年を高値で売買する組織があるという。捕らえられた彼女は「金が欲しかった」と言った。何人かの仲間と一緒に、私の誘拐計画を立てたと暴露し、警備隊に引き渡された。もうそこに、優しかったメイドはいなかった。彼女は悔しさに顔を歪め、欲望に身を任せた下賤《げせん》な犯罪者でしかなかった。

嫌なことを思い出し、一瞬呼吸が早くなる。落ち着くべく息を整えたあと、ホーキンスに言った。

「わかった。監視を止めても構わない。グレイスがラスティに害を与える存在でなければいいのだ」

「譲歩して下さり感謝いたします」

「ああ。それから、私はひと月ほどこちらにいるが、食事は部屋に運んでくれ」

「お部屋で？　はい、畏まりました」

ホーキンスは安堵したように目尻を下げた。おや？と思ったが、些細なことだったため、すぐに記憶の彼方に消えていった。

ロズベルグが帰宅して、ラスティとの生活が変わってしまうかと不安だった。だが、その心配は杞憂に終わる。ホーキンスが言うには、ロズベルグは食事を自室で取るらしい。したがってラスティが厨房で食事をしても咎《とが》める人はなく、私は一安心した。

さて、本日の昼食のメニューはもう決めてある。『ラビオリ』だ。

小麦粉は数種類を多めに注文してあるので、たくさん使用しても、しばらくなくなることはない。厄介な旦那様の分が増えたとて、へっちゃらだ。ただ、私の料理を食べてもらえるかどうかはわからないけれど。

昼食の支度をしている間、ラスティは庭でシシリーと遊んでいた。初めのうちは、シシリーに完全に心を許し切っていない様子だったが、数日もすると慣れ、今では楽しげなふたりの笑い声が聞こえてくる。先日教えた『イリス様が笑った』が白熱しているらしく、時折、厨房まで奇声が届く。もちろん、シシリーのだ。せっかちなシシリーは、ラスティが数を数えている間、たくさん距離を稼ごうと走ってしまう。だからバランスを崩して、負けてしまうのだ。

ともかく、私はラビオリに集中しないとね。

「ブラウニー、お肉をミンチにして、あとニンジンを刻んでね」

「わかったのよねー」

「サラマンドは竈に火をつけておいてね」

「りょうかいっ」

妖精たちにお手伝いを頼むと、私は氷室に寝かせておいた生地を取り出した。生地を薄く伸ばし正方形にして、粉を振る。ブラウニーが刻んでくれた材料を塩胡椒で炒め粗熱をとると、生地で挟み込み閉じた。

あとは茹でて、トマトソースをかけて出来上がりだ。

「奥様、旦那様の食事は出来上がっておりますか？」

ホーキンスが申し訳なさそうにやって来た。

「ええ。今出来上がったところよ。ロズベルグ様にお届けしたら、皆でいただきましょうね」

「いつもありがとうございます」

深々と頭を下げると、ホーキンスはトレイを持って去った。

あの気難しいロズベルグは、果たしてラビオリを気に入ってくれるかしら？

こんなもの食えるかー！って、怒鳴り込んできたりして。ドキドキしながら待っていると、ホーキンスが帰ってきた。

「どうでした？　食べてくれそうでしたか？」

「はい。初めて見た料理のようで驚かれていましたが、一口食べると目を見開かれ、あとはぱくぱくと」

「ああ、よかった。気に入っていただけたようですね」

「奥様の料理は絶品ですから」

思わぬホーキンスの褒めに、照れ臭くなった。普段あまりこういうことを言わない人だから余計に感動してしまう。シシリーだったら、息をするように褒めまくるので、なんともないのだけどね。

そんなことを考えていると、ちょうど、シシリーとラスティが戻ってきた。

「ああーいい匂いがするぅー。幸せの匂いですねぇ」

「うん、おかあさまから、しあわせのにおいがします」

「ふふ、そうなの？　さあ、ふたりとも手を洗って。すぐに準備しますからね！」

「はいっ」とシシリーとラスティが声をあげて、ホーキンスが目を細める。

茹で立てのラビオリを皿に載せ、温かいソースをかけて、準備万端なラスティたちの前に置く。

「さあ、いただきましょう」

その声を合図に、全員が笑顔を輝かせた。


昼食後、お昼寝を済ませたラスティと庭で遊んでいると、馬車の音が聞こえた。

来客かしら、と様子を窺っていると、玄関のほうがにわかに慌ただしくなった。

「なにかしらね。ちょっと行ってみましょう」

ラスティの手を引き、玄関に移動する。するとそこには、仕立のいい衣装に身を包んだ女性と、小さい女の子がいてホーキンスと話していた。

女性は二十歳すぎくらいで茶色の髪、均整の取れた身体で整った顔の美人、女の子は女性と同じ髪色と瞳の色で、ラスティよりも少し背が高い。大きなピンク色のリボンがよく似合う美少女だ。

「どうしたの、ホーキンス。お客様？」

「あ、奥様。こちら、マルティィナ・クロシア様とリリィ様です。マルティナ様は坊ちゃまのお母様の妹に当たる方でございます」

「まあ。ということはラスティの叔母様？」

ホーキンスが頷くと、マルティナがずいっと前に出て私を見た。その視線は刺すようで、初対面の者に向けるものとは思えない。鈍感な私でも、あまり好かれてはいないのだとわかった。

その理由はまるでわからないけれど。

「こんにちは。マルティナ様、私……」

挨拶をしようとした私を無視し、マルティナは屈んでラスティに話し掛けた。

「あら、あなたがラスティ？　ふうん、義兄様似かしら。でも、ロズにも似ているわ」

「…………」

ラスティは私の後ろに隠れ、ドレスを掴んだ。マルティナの舐めるような視線を苦手に感じたのかもしれない。

「大丈夫よ、ラスティ。マルティナ様とリリィ様にご挨拶しましょうね」

「はい。こ、こんにちは」

おずおずと後ろから出て、ラスティは一生懸命挨拶をする。屋敷の者以外と話すのは、引き籠《こも》っていた頃以来のはずだ。そんな状態でちゃんと挨拶出来たなんて素晴らしいわ。

「よく出来ました、偉いわよ。ラスティ」

「あ、ありがとうございます。おかあさま」

「挨拶が出来たくらいで大袈裟ね。どういう教育方針なのかしら」

マルティナがつんとした口調で言うと、ラスティは笑顔を曇らせた。小さい子に向かって、なんてことを言うの？　正しいことをしたら、褒めるのは当然のことよ。教育方針なんて関係ないわ。

そんな私の怒りなど知らずに、マルティナはホーキンスに向き直った。

「ロズはまだ来ないの？」

「今、シシリーが呼びにいっておりますので、少々お待ち下さいませ」

「あの鈍臭《どんくさ》そうなメイドね、大丈夫なの？　本当に呼びにいっているの？」

マルティナは言いたい放題だ。いくらアンダルシア家と縁があるとはいえ、傍若無人に振る舞うなんてちょっと考えられない。私を無視するくらいならいくらでも許す。けれど、ラスティを小馬鹿にしたり、シシリーの悪口を言ったりするなんて許せない。マルティナの心無い言葉に、ラスティは怖がって私にしがみつき、美少女リリィは母親であるマルティナに不安げな目を向けている。

子どもにこんな目をさせるなんて……これは、よくない。よそ様の家のことだけれど、リリィとラスティのために一言、物申すわよっ。

と、意気込んで注意しようとしたが、それはある人物に遮られた。

「マルティナ。どうしたのだ？」

ロズベルグが階段から下りてきた。それを見たマルティナは不機嫌な表情を一変させ、とびきりの笑顔で走り寄る。娘のリリイですら眼中にないようだ。

「ロズ！　久しぶりね。王都からこちらに移ったって聞いたから遊びに来たのよ。ねえ、泊まってもいいでしょう？　娘のリリイだってラスティと歳が近いし、仲良くなれるかと思うわ」

「突然だな。まあ、いいだろう。ホーキンス、マルティナとリリィに客間を用意してやれ」

「畏まりました」

ホーキンスは、マルティナとリリィを連れて階段を上がる。マルティナは去る時一瞬こちらを見てから、勝ち誇ったように笑った。

なに？　なんで笑ったの？　謎のマウントを取られる覚えはないのだけど？

わけのわからない悪意を向けられて激しく混乱した。

それから、ロズベルグが書斎に戻ると、玄関には私とラスティ、そしてシシリーが取り残された。

「気にしなくていいのよ、ラスティ。あなたはなにも間違っていない。挨拶が出来て偉かったわ」

「はい、おかあさま……」

フォローしたものの、まだラスティは困惑しているようだ。大人の何気ない一言で、繊細な子どもは簡単に傷ついてしまう。

「なんでしょうね、奥様にあの態度！　旦那様に話す時と随分違うような気がします！」

「シシリーはマルティナ様と面識があるの？」

「いいえ。エルザ様がいた頃はよくいらっしゃっていたと聞いていますが、私はエルザ様が亡くなってから雇われたので」

「ふうん。昔は家族ぐるみで仲がよかった、ということかしらね」

ロズベルグの態度からしてそうなのだと思った。新参者の私とマルティナとでは明らかに接し方が違う。我儘《わがまま》を言っているとわかっていながら、昔馴染みだから許している、そんな感じだ。

「マルティナ様って、ご主人であるバートン伯爵を亡くされてから、離縁して実家のクロシア家のほうに帰っているらしいのですが……」

声を潜めたシシリーは、階段の上に視線を送りハッとする。その視線を辿ると、疲れた顔のホーキンスが階下に下りてくるところだった。

「シシリー、あまり他家のことを、軽々しく話すものではありませんよ」

「でも、ホーキンスさん。奥様にはアンダルシア家やその縁の家について、知る権利があるのではないでしょうか？　それに私、さっきのマルティナ様の態度、許せないのです。あの人は、奥様を軽んじています！」

普段朗《ほが》らかなシシリーが憤っている。彼女もきっと、彼女自身に対する中傷なら我慢しただろう。しかし、私やラスティを見下した態度に堪忍袋の緒が切れたのだ。

「あなたの気持ちはわかります。私だって、それに近しい気持ちを抱きました。ただ、このように人の往来がある場所で話すのはよくありません。皆さん、厨房に移動しませんか？」

ホーキンスの提案にその場の全員が頷いた。

ホットミルクをラスティに、シシリーとホーキンスに香り高いお茶を淹れる。大人の話は退屈だろうと、ラスティには本日のおやつであるメレンゲクッキーを渡し、少しの間だけ我慢してもらうことにした。

それから、全員が椅子に座ると、ホーキンスが口火を切った。

「アンダルシア家とクロシア家は昔から親交がありました。ですから、マルティナ様、エルザ様、ヒューズ様、ロズベルグ様は幼馴染として仲がよかったのです。女性嫌いのロズベルグ様が唯一普通に接することの出来る女性といってもいいでしょう。ですが、マルティナ様とバートン伯爵との結婚が決まってからは疎遠になり、エルザ様の葬儀以降、こちらにはいらっしゃいませんでした」

ホーキンスは一息つくと紅茶を啜り、また続けた。

「その後、バートン伯爵が亡くなり、跡取りの産めなかったマルティナ様はバートン家と縁を切ったそうです。バートン家はリリィ様の面倒はこちらで見ると言ったそうですが、マルティナ様がそれに猛反対して強引に連れ帰り、御実家のクロシア家に身を寄せていると聞きました」

「ああ、そんなことがあったのね」

この世界の貴族社会はなかなかシビアだ。跡取りの産めなかった当主の妻は、離縁されるか日陰に追いやられる。また、跡取りが産めないまま、当主が亡くなると、離縁された上に実家に戻されることもある。女性の地位は男性より著しく低く、ないがしろにされがちだ。家によると、戻された実家でも心無い扱いを受けると聞く。マルティナもそのシビアなルールの被害者なのだと思うと、少しだけ同情した。

「そして、ここからは私の想像になり申し訳ないのですが……マルティナ様は、ロズベルグ様に好意を持っているのでは、と思うのです。以前から、ロズベルグ様に対する態度が違うと感じておりましたが、マルティナ様には婚約者のバートン伯爵がおりましたし、ロズベルグ様は結婚する気がない。しかし、ご自身が離縁し、ずっと独身だったロズベルグ様が結婚してから現れたことを考えると……」

「そうでしょうね」

「それしかないですね！」

私はシシリーと目を合わせ頷いた。

「やはり。奥様もシシリーもそう思いますか。うーん、ややこしいことになりましたね。マルティナ様はロズベルグ様の側妻になりたいのでしょうか？」

「だと思いますわ、ホーキンスさん！　でもあの方の性格からして、側妻で満足するはずありません。絶対に奥様を追い出して正妻の座を狙うはずです。ええ、絶対に」

シシリーは断言した。彼女のマルティナに対する憎悪が垣間見えた瞬間だ。悪口を言っている場面にシシリーはいなかったはずだけど、悪意というものは伝わってしまうものなのね。

ホーキンスとシシリーはうーんと頭を抱えている。これが困った状況であり、なんとかしたいと考えてくれているのだろう。ただ私は。

「ロズベルグ様がそうしたいなら、それでもいいんじゃないかしら？」

「えっ!?」

ふたりは同時に声をあげた。

「マルティナ様が正妻になりたいというのなら、私は喜んで身を引きます。正妻でも側妻でも変わらないもの。私はラスティが日々健やかに暮らせればそれでいいの」

いきなり自分の名を呼ばれ、ラスティがこちらを見上げた。きょとんとしたその表情が愛しくて、もう！　ぎゅうぎゅう抱き締めて離したくない、っていう気持ちにさせるから罪よね。

こほん……まあ、とにかく。

ロズベルグの出した条件は、ラスティのナースメイドであり、そこに正妻だの側妻だのは関係ない。

私の使命は、ただひとつ。ラスティをあらゆる困難から守ることだと思っている。

だから、マルティナがラスティを害そうとした時は、容赦なく戦う。

今まで妖精たちには「どうして料理にしか自分たちの力を使わないのか」と不思議がられていた。それは、必要がなかったからだ。美味しいものを作り、子どもたちを笑顔にしたい、その願いしかなかったから。

でも今、私には守るべきものがある。たとえ神の御心《みこころ》に背《そむ》こうとも、ラスティのために妖精たちに助力を請うことを躊躇《ためら》わない。

「奥様……なんて、気高く立派なのでしょうか。貴族社会って、だいたい、どろどろとした男女関係の縺《もつ》れが多いじゃないですか。その中で、奥様は癒しです」

「癒し？　そうかしら？　内面は案外どろどろとしているかもよ？」

「えー、奥様は違いますよ。断言出来ます」

「断言するのね……」

嬉しいけれど、なんだか微妙だわ。まるで色恋沙汰には関わりないでしょう？と言われているみたい。実際シスターになるのだから、そうなんだけど！

「おかあさま？」

話の途中、突然ラスティが声をあげた。

「なあに？」

「あそこに……さっきのおんなの子がいます」

「え？」

ラスティの指差すほうを見ると、半開きになった扉の向こう、隠れるように身を潜めた美少女がいた。マルティィナと一緒に部屋に行ったのではなかったかしら？

「あら、どうしたの？　迷子になったのかしら？」

声を掛けるとリリィは、ゆっくり扉を開け、中に入ってきた。

「おかあさまがお部屋からいなくなったから、ひとりでおうちの中を見て回っていたの。そうしたら、ここからいい香りがして……」

「いい香り？　このメレンゲクッキーかしら？」

「めれんげくっきー？」

首を傾げたリリィに皿に盛ったクッキーを見せた。リリィはくんくんと鼻を寄せると、途端に笑顔になった。

「これよ！　すごくいい香りがする！　あまくてさわやかな香りよ」

「ふふっ。じゃあ、一緒に食べましょうよ。ほら、ラスティの隣に座って？」

「はいっ。あ、さっきはあいさつ出来なくてごめんね。私、リリィ」

「ぼ、ぼく、ラスティ」

小さなふたりの初めての挨拶に、大人たちはほっこりとする。大人の事情に邪魔されてしまったが、本来はこうして仲良くなるべきなのだ。

リリィはラスティの隣に座ると、メレンゲクッキーをひとつ口に放り込む。するとみるみる顔を綻《ほころ》ばせ叫んだ。

「んんー、さくさく！　おくちの中でしゅわっと溶けてなくなるの！　おいしい！」

「そうでしょ！　おかあさまのクッキー、おいしいよねっ」

小さなふたりは互いに頷き合い、意気投合する。その様子を見て、私とシシリーも手を取り合って歓喜の声をあげた。

きゃーーー！　か、可愛すぎるわ。ラスティとリリィ、このふたりの天使の睦《むつ》み合いは、母性本能を擽《くすぐ》るどころか、問答無用で殴打《おうだ》してくる。愛しさのフルコースを堪能していると、天使のひとりがこちらを向いた。

「ねえ、ラスティのおかあさま？」

「えっ⁉　なあに？　あ、グレイスよ、さっきは名乗れなくてごめんなさいね、リリィ」

「ううん。あのね、グレイスさま。このクッキー、少しもらってもいい？　とてもおいしいから、お部屋に持って帰って食べたいの」

「ええ、もちろんいいわよ」

すると、リリィは「やったー」と可愛らしく言った。

ああ、美少女のこんな愛くるしい顔を見られるのなら、狂ったように卵白を泡立てた甲斐があるというもの。

と、幸せ絶頂の私は、お持ち帰り分を紙ナプキンに取り分けた。


（ロズベルグサイド）


研究所から持ち帰った仕事を片付けていると、部屋の扉が叩かれた。ホーキンスだろう、と思い入室を許すと、入ってきたのはマルティナであった。

「ロズ、ちょっといいかしら？　さっきは落ち着いて話せなかったから」

マルティナは昔と同じ笑顔をこちらに向けた。

彼女は、義姉エルザの妹である。エルザとマルティナ姉妹がいるクロシア家と、アンダルシア家は、昔から家族ぐるみで仲がよかった。小さい頃から知る仲で、いわゆる幼馴染というやつだ。そののち、ヒューズとエルザは婚約した。親の決めた政略結婚であったが、両人とも一目惚れであったようで、見ているこちらが恥ずかしくなるくらい仲睦まじい夫婦であった。

現在、女性という生き物が死ぬほど嫌いな私も、当時は彼女たちと打ち解け、仲良くしていた。幼い頃の感情とは忘れられないもので、今でも、エルザとマルティナは、他の女性とは別格で嫌悪の対象となっていない。

しかし、マルティナがバートン家に嫁ぎ、ラスティ出産後にエルザが亡くなってからは、疎遠になってしまった。こちらもいろいろあったので、今日まで、存在を忘れてしまっていたのだ。

だから、何故今、アンダルシア家に来たのか……その真意を測りかねている。

私は頷きつつ、マルティナをソファーに促した。

「本当に久しぶりね。お姉様が亡くなってから、もう四年。ヒューズ義兄様が亡くなって八か月……ふたりがもういないなんて信じられないけれど」

「そうだな。で？　君は昔話をしに、ここにやって来たのか？」

「あら。相変わらずせっかちで素っ気ない。ふふ、まあ、いいけど。昔話は好みじゃないわ。私は未来の話をしに来たの」

「未来の話？」

訝しげな視線を向けると、マルティナは硬い表情で話し始めた。

「私、今実家のクロシア家にいるの。夫と死別してね。バートン家から離縁されたわ」

「聞いている。大変だったな」

「ええ。それで、考えたの。私を妻としてここに置いてくれないかしら？」

「……妻？」

聞き違いかと思い尋ね返した。マルティナは私が妻を迎えたばかりだと知っているはずだが。

「あなたは誰も愛さない、そして、結婚しないと思っていたから安心していた。だから、私は愛していない人との結婚生活にも耐えられたの。でも、あなたは結婚した。酷いじゃない、結婚する気があるのなら、私、あなたと結婚したかったのよ」

「いったいなんの話をしているんだ？」

「はあ……わからないのね。私はずっとあなたを愛していた。でも、あなたの心の傷を考えて、諦めたの。でも、女性嫌いが治ったようだから、想いを告げてもいいかと思ったのよ。ねえ、妻にしてくれるでしょう？　今の奥様よりずっといい妻になるわよ。私とのほうが日々楽しく過ごせると思わない？」

自信たっぷりに笑うマルティナ。彼女がここに来た理由はわかったが、その滅茶苦茶さに驚いた。こんな人だっただろうか？　昔はもっと良識があって朗らかだったような気がするが。

「……要するに、君はグレイスを追い出して自分を妻にしろ、そう言いたいのか？」

「そうよ」

「それは無理だ。グレイスを選んだのは、妻として十分な資質を持つと判断したからだ。彼女ほどの適任者はいない」

「適任者？　まるで仕事みたいね」

マルティナは探るような視線をこちらに向ける。しかし、そのあと、肩を竦めて話を続けた。

「てっきり二つ返事で了承してくれると思ったけれど、名もほとんど知られていない田舎の令嬢がいいなんて、あなたも変わったわね」

「変わったのは君じゃないか？　昔の君はもっと……」

「昔の話をしに来たんじゃないって言ったでしょう⁉」

マルティナは突然叫び、その剣幕に一瞬気圧される。どうしたというのだ。目の前の彼女に、昔の穏やかな面影はない。なにかに急かされるかのように余裕がなく、焦燥感に苛《さいな》まれている気がした。

「私、しばらくここに滞在してもいいでしょう？　お姉様との思い出にも浸りたいし、甥のラスティとも仲良くなりたいわ」

「それは構わないが……」

了解を取ると、マルティナは早足で去っていった。

本当はすぐに帰ってもらいたかったが、ああ言われては断れない。マルティナはアンダルシア家との縁がありすぎるのだ。しかし、まさかこんな面倒なことになるとは……。

私は頭を抱えると、仕事をする気にもなれず、ソファーに身を沈めた。


ロズベルグと来客分の夕食を個別に用意し、ラスティたちと食事を終わらせる。子どもの本日の夕食は、キノコソースのハンバーグステーキとすりおろしニンジンを練り込んだロールパン。大人のメインは牛ひき肉のテリーヌだ。最初は大人も子どももテリーヌだったのだが「ハンバーグが食べたいです」と言うラスティの一言で変更されたのである。

ラスティを寝かしつけ、自室に戻ろうとすると、にわかに屋敷が騒がしくなった。

なにかあったのかと騒ぎの中心を探し歩いてみると、三階の客間からホーキンスが難しい顔で出てきた。客間には今、マルティナとリリィが泊まっている。彼女たちになにかあったのかと思い、ホーキンスに走り寄った。

「どうかしたの？」

「あ、奥様。お騒がせして申し訳ありません。実はマルティナ様が腹痛を起こしまして、今、薬をお持ちしたところなのです」

「ええっ⁉　大丈夫なの？　お医者様を呼ぶ？」

「いいえ。お医者様は呼ばなくていいとおっしゃいました。ただ……」

ホーキンスは表情を暗くした。

「マルティナ様がおっしゃるには、夕食が体に合わなかったとかで、大層お怒りなのです」

「あ……そ、そうだったの⁉　……それは申し訳ないことをしたわ」

気をつけていたつもりだけど、配慮が足りなかったみたいだ。体調により食事が体に合わないことはよくある。たとえば、胃の調子がよくない時に、こってりした肉料理など食べたくない。無理して食べてしまうと、腹痛や胃の不快感を引き起こしてしまう。食事を任された以上、食べる人の体調にも配慮すべき……それを怠った私の責任は大きい。

「すぐお詫びをしたいのだけど、今からでもいいかしら？」

「あ……いえ、マルティナ様は旦那様を呼んでほしいと」

「ロズベルグ様を？」

どうして？　と思ったが、その理由にはすぐに思い至った。マルティナは、私の料理で体調が悪くなったとロズベルグに言うのだろう。だけど、それは仕方ない。いかなる理由があるにしろ、料理を食べて体調が悪くなったのは事実である。なにを言われても、反論は出来ない。

「わかったわ。では、明日、改めて謝罪するわね」

「奥様……はい」

ホーキンスはなにかを言いたそうだったが、頭を下げて踵《きびす》を返した。書斎にロズベルグを呼びにいったのだ。

その背中を見送って、私も自室に戻る。マルティナから事の次第を聞いたロズベルグが、私を叱りに来るかもしれないからだ。

一刻ののち、部屋の扉が叩かれた。「来た」と思い、すぐに扉を開ける。するとやはり、やって来たのはロズベルグだった。

「ちょっといいか?」

「はい。マルティナ様の件ですね。どうぞ中へ」

そう言いながら、ロズベルグを部屋の中に招き入れる。

「食事のせいで体調を崩されたと聞きました。本当に申し訳ございません。明日の朝、お詫びをしにいこうと思っております。それで、マルティナ様の体調はいかがですか?」

「ああ。大したことはない……ひとつ聞きたいのだが」

「え、ええ。なんなりと」

「……マルティナの食事に、なにか……体調を悪くするものを入れたか?」

は?と思わず声が出た。ロズベルグが信じられない質問をしたからだ。

これまで生きてきて、それなりに辛かったことや悔しかったことはあった。でも、今ほど悔しいと感じたことはない。シスターを目指し、人々の、子どもたちの笑顔を見たいという気持ちで料理を作り続けてきた。

その私が、料理に体調を悪くするものを盛る、ですってぇ!?

ロズベルグの問いに、怒りに身を任せて反論しようかと思った。でも、その気持ちに反して、出てきた言葉は静かなものだった。

「ご存じでしょうが、私はシスターを目指しております。人々のため、神のために奉仕する身であれば、人道に悖《もと》ることは絶対にいたしません」

ロズベルグはじっと私を見る。いや、見ているのは私の頭上だ。あれ、前にもこんな状況があったようななかったような？　考えてみたが、怒りのあまり冷静に頭が働かなかった。

私は考えるのを止め、ロズベルグの言葉を待ち身構えた。

時間が流れ、やがてふうと息を吐くと、ロズベルグが口を開いた。

「君は嘘を吐いていない。疑うようなことを聞いてすまなかった。気分を害しただろうが、許してほしい」

「へ？　あ？　ああ、いいえ、別に」

怒りの矛先を向けそこない、拍子抜けしてしまった。確かに、怒り強め語気強めに言ったけれど、それでどうして「嘘を吐いていない」と断言出来るのか。

ウソ発見器でもついているの？　などど、心の中で毒づいていると、少し態度が柔らかくなったロズベルグが言った。

「マルティナの腹痛は君のせいじゃない。気にしないように」

「え？」

「本人の問題だろう。あ、いい機会だから伝えておくが……君の作る食事はいつも素晴らしく美味しい。明日からも……頼む」

「おっ、あ、えっ、いえ、あの、ありがとうございます」

ロズベルグは頷いて去っていった。

ええと……一難は去ったわけだけど、どうして態度が反転したの？　部屋に来た時は、疑っている様子がぷんぷんしていたのに……。ああ、もう、考えても無駄ね。

私はさっさとベッドに入り、明日のための英気を養った。


（ロズベルグサイド）


夜半過ぎ、ホーキンスから、マルティナが呼んでいると報告があった。夕食後、腹痛を起こしたようで、部屋に来てほしいのだと。

部屋を訪ねると、マルティナは待ち構えたように走り寄ってきた。

「ロズ！　食事になにか変なものが入っていたのよ！」

彼女は叫んだ。腹痛を起こしたらしいが、とても元気そうに見えるのは気のせいか？

そんなマルティナの背後では、幼い娘が困惑したように母親を眺めている。確かリリィといったか？　どこか、悲しげなその表情が気になった。

「ホーキンスに聞いたけれど、食事は全てグレイス様が作っているそうね？」

「ああ、そうだ。私も同じものを食べたがなんともないぞ。なにか別の理由だろう」

「そんなはずないわ。じゃあ、私の食事だけに入れたのよ！　そうに違いないわ。きっと、疎《うと》まれているのよ」

「疎まれる？　グレイスにか？　それはないな」

グレイスはマルティナがなんの理由でここに来ているかを知らない。だから、疎む理由なんてない。

「そんなのわからないわよ。女なんて欲の塊……それはあなたが一番知っているでしょう？」

その一言が、私の心を揺さぶった。

心の傷が、思い出したくない出来事が、胸の内を黒く染め上げる。そうだ、簡単に信じてはいけない。どれほど、高潔で誠実で柔和に見える人でも、裏切ることはあるのだ。

「わかった。グレイスに会ってくる。それでいいか？」

「ええ、お願いするわね」

渋面《じゅうめん》から一転、マルティナは満面の笑みになった。その豹変ぶりは、私に悪夢のような出来事を想起させる。女性を醜悪な生き物と認定したあの事件を。

思い出すな。もう忘れろ。

自分自身に言い聞かせると、グレイスのもとへと早足で向かった。

部屋に行くと、グレイスは起きて待っていた。あらかじめホーキンスに聞いていたのか、なんの件で尋ねたのかは知っていたようだ。

無駄に会話を長引かせるのも面倒で、すぐに本題に入る。

だが、本題を切り出す前に……私は『ギフト』を使うことに決めた。

このギフト『虚言の発覚』を使えば、グレイスが嘘を言っているかどうかがわかる。私の問いかけに対する答えに虚言がある場合、即座にわかってしまうのだ。

ギフトをグレイスに使うのは正直不本意だった。

彼女を雇う時、ギフトを一度使用した。ラスティの安全のためと、グレイスが調査通りの人物であることを確かめるためだ。だから、私は、彼女をある程度は信じている。

だが、マルティナの先ほどの言葉に、疑心暗鬼になった自分の心を止められなかった。ラスティを預けているグレイスが、本当に私の望んだ『善人』なのかを見極め、安心したかったのだ。

「……マルティナの食事に、なにか、体調を悪くするものを入れたか？」

「は？」

私の問いに、グレイスの表情が変わる。

厳しい文句が返ってくるだろうな、と思ったが、返答は静かな怒りであった。

「ご存じでしょうが、私はシスターを目指しております。人々のため、神のために奉仕する身であれば、人道に悖ることは絶対にいたしません」

『虚言の発覚』がグレイスの言葉を吟味する。嘘であれば、彼女の頭上に『嘘の言葉』が赤字で浮かび上がるのだが、その気配はない。彼女は、やはり嘘を吐いていない。返答に嘘偽りは微塵《みじん》もなかった。

ほっとすると同時に、後悔が苛む。

あの質問は、著しく相手の信頼を失う問い掛けだ。自分の心の傷のせいとはいえ、グレイスのプライドを傷つけていい理由にはならない。いつもなら、人の感情などどうでもいいと思っている私だが、何故か今は激しく動揺している。

彼女に嫌われたくない、という不思議な感情が心の隅に生まれていたのだ。

必死で挽回出来る言葉を探し、グレイスに伝える。すると、グレイスの表情が怒りから戸惑いに変わる。ついでに、料理がいつも美味しいと伝えると、彼女はちょっと慌てていた。

そんなことで、グレイスの気持ちが晴れるとは全く思わない。しかし、私に出来ることは、今のところその程度だった。

第三章　わかり合えたなら

　早朝、厨房に向かうと、もうホーキンスとシシリーが起きていた。おそらく、昨日の件で私が落ち込んでいないかと心配してくれたのだろう。

「奥様っ。大丈夫でしたか⁉　旦那様になにか言われましたか⁉」

　シシリーが食い気味に尋ね、ホーキンスが気遣いに満ちた視線を向ける。

「大丈夫だったわよ。ロズベルグ様にもわかっていただけたし」

「ああ、よかった。旦那様もさすがに騙されたりはしませんよねぇ」

「でも、一応マルティナ様には謝罪をしておくわ。体調を考えなかった私の責任だもの」

「ええっ、そこまでしなくても……」

　シシリーは口を尖らせた。確かに、誰が悪いというものでもないけれど、料理を出した責任は私にある。それに、謝罪に行くついでに、リリィの様子を見たいと思っていた。昨夜はマルティナが腹痛で、気忙《きぜわ》しかったと思う。人の出入りが激しく、リリィはゆっくり休めていないのではないかと心配していた。

　マルティナの朝食は『旬の野菜とチキンのスープ』にした。消化しやすく野菜を細切りにし、鶏肉も細く割いておいた。子どもたちには『クロックマダム』、これはラスティの要望である。

ラスティはリリィに、自分の美味しいと思ったものを食べてもらいたかったらしい。ロズベルグたちには『ふわふわ卵のサンドイッチ』を作った。

そして、マルティナの部屋を訪ねる頃には、輝く朝日が燦燦《さんさん》と顔を出していた。

「おはようございます。マルティナ様？　グレイスです。起きていますか？」

扉を叩いて声を掛けるが、返事はない。しばらく待って、もう一度声を掛けると、中で人が動く気配がして、扉の向こうから不機嫌なマルティナの声がした。

「なあに？　まだ寝ているのだけど」

「あ、マルティナ様。昨夜は夕食が合わなかったようで申し訳ありません。あの、扉を開けていただけますか？」

「……嫌」

い、嫌？　嫌って子どもじゃあるまいし⁉

「え……でも、朝食にスープをお持ちしたのですが。お腹に優しいスープなので……」

「要らないわ。持って帰って」

「……では、リリィに朝食を食べに来るように伝えて下さい」

「横になりたいから早く帰って頂戴」

にべもなく突き放され、しばし扉の前で呆然とした。まさか、ここまで距離を置かれるとは思わなかった。でも、そんなことより心配なのはリリィだ。自称体調不良のマルティナはともかく、リリィはお腹が空いているはずだ。マルティナがちゃんと伝えてくれるといいのだけど……と、心配しながら、私はとぼとぼと厨房に戻った。

厨房に戻ると、着替えを済ませたラスティが待っていた。

「おはようございますっ、おかあさま？　……どうしたのですか？」

落ち込んだ私を見て、ラスティが怪訝な顔をする。ホーキンスも私がトレイを持ったままなのを見て、落胆の表情を浮かべた。

「おはよう、なんでもないのよ？　さあ、朝食にしましょう。ラスティの好きなクロックマダムを作るわね」

「は、はい。でも、ほんとうに、だいじょうぶですか？　ぼく、おかあさまが悲しいのは、いやなのです」

「ラスティ……」

眉を曇らせて、こちらを見上げるラスティ。幼子が無意識に発動する思いやりという活力剤は、ささくれだった心にとてもよく染みわたる。もうこれだけで、嫌なことは全て忘れられそうだ。

「うん、元気が出たわ！　ありがとうラスティ」

「あ、えがおになった……よかったです！」

「ふふ。坊ちゃまのお願いが届きましたね。さあさ、こちらに座って。奥様の美味しい朝食を待ちましょうね」

「はーい！」というラスティの声を聞き、私は朝食の支度を始めた。

ホーキンスがロズベルグの朝食を運ぶのを待って、全員が厨房の食卓につく。

「慈悲深きイリス、あなたに感謝してこの食事をいただきます。ここに用意されたものを祝福し、私たちの心と体を支える糧として下さい」

私の声に続いて、皆が斉唱する。少し前から、全員が揃う時は、神イリスに食前の祈りを捧げている。小さいラスティがいるので、無理に唱えなくてもいいと思っていた。だが、私が教えた『イリス様が笑った』の遊びを気に入ったラスティが神様に興味を持った。そして、イリス様についていろいろと教えていたら、こうなってしまったのである。

イリス様を信仰するのは素晴らしいことだけど、立派な公爵家の跡取りになる前に、立派な司祭になってしまわないかだけが心配だ。

祈りが終わり、さあ、食事をと思った時、小さな足音が厨房の外から聞こえた。

「お、おはようございます」

現れたのはリリィだった。

「おはよう！　よかった、待っていたのよ」

手招きすると、リリィは恥ずかしそうにラスティの隣に腰掛けた。来るかもしれないと思って、すぐに食べられるように準備をしておいてよかったわ。

「マルティナ様はいかが？　まだ、体調が悪そう？」

「うーん、わからないです。おかあさまはいそがしそうで……私のお話なんて、聞いてくれないから」

「忙しそう？　えーと、じゃあ、リリィはお部屋でなにをしているの？」

「なにも……うるさくすると、怒られるの」

目を伏せるリリィを見て、私とホーキンス、シシリーは顔を見合わせた。きっと全員が同じようなことを考えたのだと思う。マルティナは、ロズベルグの妻になろうと画策するあまり、リリィをほったらかしにしているのだと。

このままではいけない。と、声をあげようとした時、食事の手を止めたラスティが言った。

「リリィ、食べおわったら、ぼくとあそぼうよ」

「え……う、んっ。あそびたい」

「じゃあ、おやくそくね！」

「ええ、おやくそくよ！」

大人の不安は、小さな子どもたち自らが解決した。頷き合って、競うように食事を始めるふたりを見て、とても幸せな気持ちになった。そして、ラスティが身も心もぐんぐん成長していると感じ、図らずも涙ぐんでしまった。子どもを産んだ経験も育てた経験もないけれど、こんなに尊く愛おしい日々を満喫出来るなんて、神に感謝したい思いでいっぱいだ。

「私も一緒に遊んでいい？」

「もちろん、おかあさまもいっしょにあそびましょう！　ホーキンスもシシリーも」

「はいっ、遊びます！」

「これ、シシリー！　あなたには仕事が……ま、いいですか、今日くらい」

生真面目執事のサボタージュ宣言に全員が笑みを溢《こぼ》す。これだけ人数がいたら、遊びの幅も広がるかもしれない。サンドイッチを齧《かじ》りながら、私はどんな遊びをしようかと頭の中で考えていた。


朝食を終え、昼食の仕込みを済ませてから庭に移動する。

「ねえ、おかあさま？　イリスさまがわらった、をしましょう！」

「ええ、いいわよ」

そう言うと、ラスティは得意げにリリィに説明を始めた。

ははーん、なるほどね。知らないリリィに教えたい、というそのプチマウント。子どもらしくて好きよ。大人がしたらイラッとするけれど、幼児のマウントは微笑ましい。

教えて教えられ、そうやって社会性を身につけながら大人になる。私もラスティと一緒に、成長しなくてはいけないわね。

「リリィ、わかった？」

「うんっ、早くやりましょう」

ラスティとリリィは揃って私を見上げる。準備は万端のようだ。

まずは、私が数える役をすることにした。初めてのリリィに楽しんでもらうために、若干の忖度《そんたく》をする。ただ、忖度をするのはリリィにのみで、あとの人たちには容赦しない。

「はい、シシリー失格！」

「いやぁーーー！」

「ホーキンス、動いた！」

「ああ……残念です」

大人たちが次々と脱落していく中、ラスティとリリィは粘っている。リリィは元から運動神経がいいのか、振り向くとぴたっと止まり動かない。逆にラスティは引き籠り期間がブランクになっているのか、ぎりぎりで粘っている感じだ。

「はい、タッチ！」

軍配はリリィに上がった。満面の笑みのリリィに、ラスティはちょっと悔しそうに口を尖らせる。でも、すぐに笑顔になってリリィに話し掛けていた。

それから何回か『イリス様が笑った』を遊んだあと、新しい遊びを提案する。なにをしようか迷ったけれど、寒くなってきたので体が温かくなるように、動く系の遊びにしてみた。

「じゃあ『うずまきじゃんけん』してみない？」

「うずまき、じゃんけん、ってなあに？」

リリィが首を傾げた。ラスティやホーキンスたちもぽかんとしている。

「説明するわ。じゃんけんっていうのはね……」

この世界にじゃんけんがないのは知っている。でも、一度孤児院で子どもたちに説明しているので、どうすれば伝わりやすいのかはわかっていた。

私はじゃんけんについて説明し、続いて『うずまきじゃんけん』についても説明した。

「この渦巻きの中心の陣地と、外の陣地から同時に走り、出会ったところでじゃんけんをして、負けたら道を譲る。勝ったらそのまま進む。そして、先に敵の陣地に辿り着いたチームの勝ち。わかった？」

庭に大きな渦巻きを書きながら説明すると、全員が頷く。その中でシシリーが手を挙げた。

「でも奥様。チーム分けとなると、ひとり足りませんよ？」

「ああ、確かにね。まあ、二人と三人でもいいけれど……あっ！　いたわよ、もうひとり」

私が見つけたのは、裏門から厨房に横切ろうとしていたサントスだ。大声で彼の名を叫ぶと、サントスはきょろきょろとし、こちらを見つけて走り寄ってきた。

そうして、人数も確保出来、渦巻きじゃんけんは始まった。

中心チームはラスティ、シシリー、私。外側チームはリリィ、サントス、ホーキンスだ。

勢いよく飛び出したラスティは、じゃんけんでリリィに勝ち、その先でサントスに負けた。

それを見て私が走り出してサントスに勝ち、ホーキンスに勝ち、リリィに負けた。フライング気味に飛び出したシシリーは、渦の途中でリリィに勝ち、サントスに負ける。迫りくるサントスにラスティが勝ち、その後ホーキンスに勝ち、リリィとの一騎打ちになった。ラスティとリリィの勝負は三回続き、最後に勝ったラスティは続くサントスとホーキンスを撃破し、陣地に到達した。

「やったー！　ラスティ様が勝ったー！」

シシリーの声が屋敷中に反響する。ラスティは嬉しそうにぴょんぴょん跳ねて、弾ける笑顔で走ってきた。

「おかあさまっ！　勝ちました！」

「ええ、とても頑張ったわね。偉いわ。それじゃあ、リリィと握手しましょう」

「あくしゅ？」

「そうよ。お互いに健闘を称え合うの。勝って嬉しい時も負けて悔しい時も、よく頑張ったね、ありがとう、って言って握手するの」

ラスティは頷いてリリィに走り寄った。リリィは負けてしまって悔しかったのだろう、ホーキンスたちに慰めてもらっている。

「リリィ、おたがい、がんばったね。ありがとう。また、あそぼうね」

ラスティが握手を求める。すると、リリィはすぐに笑顔になり、ラスティと握手を交わした。

「可愛いですねぇー。私も六人兄弟でよく喧嘩していましたが、こうすれば、喧嘩にならないのですね。勉強になりました」

シシリーが言った。

「喧嘩も大事よ。時には衝突することも必要だと思う」

「うちは殴り合いの喧嘩ですけど、それでも？」

「あ、うん。ほどほどなら……ね」

如何にしてシシリーという人物が生まれたか、私はこの時にわかった気がした。

ただ、喧嘩出来る環境は少し羨ましくもある。前世では喧嘩なんかしようものならすぐに追い出されそうだったし、今世では一方的に罵《のの》られ続けていたから。

だから、全世界全宇宙の子どもたちには、健やかに育ってほしい。私の力なんて、微々たるものだけれど、そのために全力を尽くしたいと思った。

「おかあさま、もう一回してもいいですか？」

気づくと、ラスティが側に来ていた。

「ええ。もちろんいいわよ。リリィだって負けたままなんて嫌でしょうからね。ホーキンスとサントスもそうでしょう？」

「はい。このホーキンスにも執事の意地がございます。次は必ず勝利を手にさせていただきますよ」

「乗りかかった舟ですからね。味方のために頑張ります」

彼らも、やる気に満ちている。リリィもそんな味方に支えられてリベンジに燃える、いい瞳をしていた。

「じゃあ、二回戦……」

「なにをしているの!?」

怒号が聞こえ、全員が声のほうを注目する。そこにいたのは、マルティナだった。彼女はわかりやすい怒りの形相で、こちらに向かって歩いてきた。

「リリィ！　なんでこんな連中と泥だらけになって遊んでいるの！　大人しくしていなさいと言ったでしょう？　私の言うことが聞けないの！」

「ご、ごめんな、さい……」

「あなたはもっと聞き分けのあるいい子だと思っていたわ」

「あ……」

リリィは身を縮こませ、震え出した。

「マルティナ様、申し訳ありません。私が誘ったのです。リリィはなにも悪くありません。どうか叱らないで下さい」

「人の家の問題よ、関係のないあなたは黙っていて」

「黙ってなんていられません。リリィは遊びたい盛りの子どもです。それなのに、部屋に閉じ込めておくなんてどういうおつもりですか？」

「まあ、私に説教するなんていい度胸ね。田舎令嬢は口の利き方も知らないのかしら？　さあ、リリィいくわよ」

「ち、ちょっと、待って……」

私の引き止める声に、マルティナは鋭い視線で応酬する。そして、こちらが怯《ひる》んだ隙に、リリィの手を取り、さっさと連れていってしまった。無理矢理にでも、リリィを取り戻す手段はあったかもしれない。でも、彼女にとって、やはり母親はかけがえのない存在。リリィの気持ちを思えば、無理矢理はやはり間違っていると思う。

だけど……これでいいわけはない。

「リリィのおかあさまは、なんで怒っていたのですか？　リリィはなにか悪いことをしたのですか？」

ラスティが不安そうにこちらを見上げる。

「いいえ。なにも悪いことはしていないわ」

「悪くないのに怒るなんておかしいです……ぼく、リリィにもリリィのおかあさまにも、笑っていてほしいです」

「そうね。笑えばいいのにね」

ラスティは小さな手を私の手に絡ませた。折れそうな小さな指で、ぎゅっと握り返してくるのは、きっと、ラスティも不安を感じていたからだ。

ホーキンスにマルティナとリリィの昼食を持っていってもらったが、やはり、要らないと言われたようだ。マルティナは今朝からなにも食べていない。倒れやしないかと心配したが、食べてもらえないのなら仕方ない。私が作る食事が嫌なら、いっそのことシシリーに頼もうかとも考えた。まあ、それは本当に命に関わるので実行はしないけど。

ラスティの昼寝が済んでから、おやつを用意した。本日のおやつは、スイートポテトパイだ。サントスがたくさんお芋を持ってきてくれたので、ペースト状にしてパイ生地に包んで焼いたのだ。カボチャもたくさんあったので、夕食はそれを使ったなにかにするつもりだ。

「おいしい！　しゃくしゃくっておもしろい音がします！」

ラスティは、口にいっぱいパイ生地をくっつけながら笑顔を振りまく。でも、隣の空いた席を見て顔を曇らせた。

「リリィはこないのですか……？」

「……まだお昼寝しているのかもしれないわ。起きたら来るかもよ？」

「そうだといいです……おかあさまのパイ、食べてもらいたいです」

「そうね」

ああ、ラスティも同じ気持ちなのね。やっぱり、美味しい笑顔って素敵だもの。ラスティの口の端を拭きながら、リリィのことを考える。夕食時には、一度部屋に行ってみようと、その時心に決めた。

それから、ラスティをシシリーに任せ、夕食の仕込みを始める。昼に決めたとおり、カボチャを丸ごと使用して、グラタンを作ることにした。小ぶりで形のいいカボチャを七つ選び、サラマンドにお願いして中に熱を加えてもらう。電子レンジの代用である。少し柔らかくなったカボチャのヘタの部分を切り落とし、中身をくり抜く作業はブラウニーにお願いした。ブラウニーは剛力なので、ヘタもスパンスパンと小気味よく切り落としてくれるのだ。

その間に私はグラタンの中身の用意を……と思った時、屋敷の中が騒がしくなったのを感じた。

誰かが、叫んでいるような？

手を止めて玄関ホールのほうまで出てみると、階上からホーキンスが顔を強張らせて下りてきた。

「騒がしいけれど、なにかあったの？」

「はい、マルティナ様から、リリィ様の姿がどこにも見当たらない、と言われ、探しております」

「えっ⁉　それで、見つかって……はないのよね」

ホーキンスの焦る様子を見れば一目瞭然だ。

「いつからいないかはわかっているの？」

「……いいえ。気づいたらいなかった、と」

「そう。とにかく私も探してみるわ。まだ探していないところはどこ？」

「三階は探し終わりました。二階の旦那様の書斎と私室にもおりませんでした。坊ちゃまの部屋も覗きましたが、坊ちゃまとシシリーしかいないようでした。奥様はその他をお願い出来ますでしょうか？　私は、庭と近くの森を探してみます。夕暮れになると暗くなって危険ですから」

頷くと、私は二階に向かった。二階にはロズベルグとラスティの部屋を除くと、私の部屋と図書室、娯楽室がある。もしかしたら、図書室辺りで絵本を読んでいるかもしれない。その可能性は高いと思った。

ということで、まず図書室に向かう。隅々まで探したが、そこにはいなかった。次に自身の部屋、娯楽室と順に探したけれど、やはりいない。

では一階かしら？　一階は応接室と談話室と大食堂、厨房と食糧庫とシシリー、ホーキンスの部屋がある。その全てを探したけれど、姿は見えなかった。一度玄関ホールでホーキンスを待とうと思い向かうと、視線の先にマルティナとロズベルグがいた。

「リリィ……いったい、どこにいるの？」

マルティナは、不安げな表情でおろおろしていた。落ち着きなく動き、リリィを探して視線を彷徨《さまよ》わせている。その姿を見て、少しだけ安心した。本当に心配しているのだろうと感じたから。
私は捜索の進捗状況を共有しようと歩き出し、はたと足を止めた。いきなり自分の話題が出
たからだ。
「またグレイス様が連れ出したのではないかしら？」
「なんでもグレイスのせいにするな。昨夜の件についても、彼女はなにもしていないと言った
だろう？　自分に非があるとは考えないのか？」
「非、ですって？　それじゃあロズは、私のせいでリリィがいなくなったというの？　あり得
ない、私はリリィを愛しているわ。リリィもそれをわかっているはずよ」
「そうだろうか？　私が見るに、リリィはかなり寂しさを募らせていたように思う」
……驚いた。血の通っていないと思っていた冷血漢ロズベルグが、リリィの心の機微《きび》に気づ
いている。
そう、マルティナはロズベルグにご執心で、リリィを見ていなかった。彼女の表情や態度は、
母親に向き合ってもらえない悲しみに満ちていたのに、マルティナは気づかなかったのだ。
「マルティナ様、リリィは一階にはいないようです」
そっと近づき話し掛けると、マルティナもロズベルグも驚いたように振り返った。
「あ、あなた……探すふりをして、どこかに隠しているのではなくて？」

「隠してなどいません。下らないことを言っていないで、皆で探しましょう」

「下らないですって！　ちょっとロズ、黙ってないでなんとか言ってよ」

「じゃあ、言おう。グレイスが正しい。君がリリィを愛しているのは本当だと思うが、あの子がそれを理解しているなんて、何故わかる？　リリィに愛を示してきたか？　そうじゃないだろう？　そろそろ一番大事なものに気づくべきだ」

マルティナは声を詰まらせた。味方をしてくれると思ったロズベルグからの説教は思いの外堪えたらしい。その隣で、私も唖然としていた。人のことなどどうでもいいというようなロズベルグが、こんなに熱く諭《さと》すなんてちょっと信じられない。幼馴染で仲のよかったマルティナだから、親身になっているのかしら。そうだとしたら、彼もまだ、捨てたものではないかもね。

「わかったわ……とにかく今は、リリィを探します」

「それがいい。グレイス、ホーキンスはどうした？」

「庭と近くの森を探しにいきました。おそらくもうすぐ帰ってくるかと」

その言葉と同時に、玄関の扉が開き、ホーキンスが帰宅した。

「ああ、旦那様。リリィ様は外には行っていないように思います。庭から森に抜ける門は鍵が外された形跡がなく、正面外門も閉まっておりました」

「そうか。ではもう一度屋敷の中を探してみよう。私は二階を探す。マルティナとホーキンスは三階を、グレイスは一階をくまなく頼む」

「あ、ロズベルグ様、先にラスティのところに行ってもいいでしょうか？　いつもならこの時間には一階に下りてくるのですが、今日は来ないので呼びにいこうかと」

「ああ、構わない。じゃあ、行くぞ」

ロズベルグの号令で、全員が動き出した。

二階でロズベルグたちと別れ、ラスティの部屋に向かう。今日はおやつのあと、シシリーと絵本を読んで過ごしているはずだ。もう夕暮れが近い。暗くなってから本を読むと、視力が悪くなる恐れがあるから、そろそろ終わりにしないと、と思ったのだ。

それに、もうひとつ。

今はリリィ捜索のために、人員が必要。だから、シシリーの力を借りたかったのだ。

静かに扉を開けると、部屋は暗かった。どうしてランプを灯してないのかしら？

不思議に感じ耳を澄ますと、誰かがこそこそと話している声がする。目を凝らすと、ベッドの付近になにか（誰か）が固まってもそもそとしているような……。

急いでテーブルの上のランプに火を灯し、ベッドに近づく。すると、挙動不審なシシリーとラスティがベッドサイドに立ち並び、私を見つめていた。

「ラスティ？　シシリー？　どうしてこんなところに立っているの？」

「お、お、おかあさま。あ、あの……」

「ん？　どうかした？」

おや、明らかにラスティの様子がおかしい。伝えたいけれど、伝えられないという葛藤のようなものを感じる。それに、シシリーの顔もおかしい。斜め上のほうを見て私から目を逸らし、小鼻をぴくぴくとさせている。いつも変だけど、今は特に変だ。

私はふたりに一歩近づいた。ラスティとシシリーはちょっとあとずさる。しかし、バランスを崩したシシリーは、近くの椅子を巻き込みながら、勢いよくベッドに倒れ込んだ。

椅子が横に倒れる。ガタンと激しい音がする。その時、下のほうから「きゃっ」と小さな声がした。

「……え？」

「あ、あっ……」

私とラスティが顔を見合わせる。さっきの声、空耳じゃなかったら、もしかして？

ベッドの下を覗いてみると、そこには……リリィがいた。

ホーキンスはラスティの部屋を覗いただけだった。もし、リリィがベッドの下にいたのなら、気づかなかった可能性が高い。

でも……それならラスティもリリィも知っていたはず。故意に隠したのなら、その理由は？

理由を聞くまで、皆には知らせられないわ。

「リリィ、そこから出てきて」

「お、怒らない？」

「ええ。怒らないから出てきて。お話ししましょう」

優しく声を掛けると、リリィはゆっくりと出てきた。私はリリィとラスティにベッドに座るように指示し、自身も隣に腰掛ける。シシリーの変顔はようやく元に戻り、安心したように中央に置かれたソファーにどっかりと腰掛けた。

「今ね、マルティナ様や皆がリリィを探して屋敷中を走り回っているわ。どうしてここに隠れたか、話してくれる？」

リリィは俯《うつむ》いた。自分の思いを言葉にするのは、簡単じゃない。大人でも難しいのに、子どもなら尚更《なおさら》だ。しかし、リリィは決心したように顔を上げると真っ直ぐに私を見た。

「……あのね、このおやしきに来てから、おかあさま、ずっと私を怒るの。言われたとおり、静かにしているのに……おかあさまは私のこと、もういらないのよ。だから、どこか遠くへ行こうとしたんだけど、思いつかなくて……」

「それで、ここに隠れたのね？」

「うん。ラスティなら、助けてくれると思ったの」

リリィはラスティを見た。頼られて嬉しくなったラスティもにっこりと微笑み返す。でも、皆に迷惑を掛けたのを気にしたのか、こちらに向き直り言った。

「おかあさま、だまっていてごめんなさい……」

「ラスティ、いいのよ。だってあなたは、困っているリリィを助けたのでしょう？　それは人として男性として尊い行いよ。紳士の鑑だわ」

「しんし？　それはいい人のことですか？」

「ええ、かっこいい男性ということよ。ね、リリィ？」

問いかけると、リリィは照れて頬を染める。

そんな幼子たちの絆に感動したけれど、ラスティは何度も頷き、マルティナ親子にとって、状況は非常によろしくない。マルティナはリリィからの信頼を著しく損なってしまっている。普段聞き分けのいい子のほうが我儘ばかりの子よりも、拗《こじ》らせたあとの信頼回復が難しいのだ。

「ね、リリィ。マルティナ様はリリィのこと要らないなんて思っていないわ。今だって必死でリリィを探して屋敷中を走り回っているの」

「ふうん……」

リリィは関心が薄いように呟いた。あ、これは全然信じていない。それもそうよね。他人から見ても、マルティナのリリィに対する態度は酷すぎた。あの、ロズベルグも感じ取るくらいだもの。リリィ本人の心が傷つくのは当たり前だ。

とはいえ、リリィが見つかったと伝えなければいけない。

「マルティナ様の気持ちが変化したかどうかは、リリィが確かめてみて。とりあえず、皆にリリィがここにいること、知らせてもいい？」

「お、おかあさま！　リリィは怒られてしまうのですか？　かわいそうです……」

「大丈夫よ、ラスティ。リリィが怒られそうになったら私が守るわ」

力強く頷くと、ラスティとリリィはほっとした顔をした。

「シシリー、皆を呼んできてくれる？」

「はいっ」

なにかから解き放たれたようなシシリーは、弾けるように飛び出した。

これは想像だけれど、嘘の吐けない彼女は、リリィを匿《かくま》っている間、内心どきどきしていたはずだ。だから変顔になったし、今、重荷を解き放って、小躍りしているのだろう。

それからすぐ、部屋にマルティナたちがやって来た。

「リリィ！　あなたどうしてラスティの部屋に隠れていたの!?　私、心配して……」

マルティナが堰《せき》を切ったように叫び出したので、リリィが身を縮める。すかさず、私は話を遮った。

「マルティナ様、大声はリリィを怯えさせてしまいます。どうか、優しく話を聞いてあげてもらえませんか」

「や、優しく？　優しく聞いているつもりだけど？」

「……ではもっと優しく、お願いします」

「わ、わかったわよ」

マルティナが頷くのを見て、私はロズベルグに目配せをした。周りに人がいては、ふたりも話しにくいだろうと思い、部屋を去ろう、という意味を込めた合図だ。私の意を感じ取ったロズベルグはホーキンスと部屋を出て、私もラスティとシシリーを連れて部屋を出た。とはいえ、様子が気になったので、しばらく耳を澄ませて中の様子を窺う。それから、マルティナがちゃんと約束を守っていると判断し、私たちは一度、一階談話室に集まった。

「リリィは寂しい思いをしていたのだろう？」

最初に口を開いたのはロズベルグだった。

「ええ。いい子にしていたのに、怒鳴られて怒られて……もう自分は必要ないのだと言って悲しんでいました」

「そうか……関係を修復出来るといいが」

「きちんと話し合えば、きっとわかり合えると思います。親子ですもの」

私は隣にいたラスティの手を握った。ラスティも私を見上げて微笑み返し、談話室に和やかな空気が流れた。しかし、その空気をシシリーがぶち壊した。

「あ、そういえば夕食はどうなっていますか？」

「……シシリー、あなたは空気を読む、ということを覚えなくてはなりませんね」

「えー？　空気を読むより、腹の虫に従いたいです、私」

「シシリーはおなかに虫が住んでいるの!?　すごい！」

ラスティの突拍子もない称賛に、シシリーは「いやー、照れますー」と頭を掻いた。

いやいや、褒めてない。どちらかというと、びっくり人間認定されているからね。

とはいうものの、夕食の時間は迫っている。リリィの捜索で、夕食の準備を放り出してきてしまったから、早くしないといけないわ。

「では、私、厨房へ夕食を作りにいってきますわ。あ、ロズベルグ様、本日の夕食はどちらでお召し上がりになりますか？　お部屋で？」

「君とラスティはいつもどこで食べているのだ？」

うっ……ど、どうしてそんなことをお聞きになるのです？　これは答えづらい。何故なら、ロズベルグを除く全員が厨房で食べているから。えーと、ここは無難に食堂で、と答えておこうか、と口を開きかけた時、ラスティが叫んだ。

「ちゅうぼうです」

私と、ホーキンスとシシリーの顔が真っ青になった。

「ちゅう……ぼう？　厨房か？　料理を作る、あの？」

「はい。ちゅうぼうです」

……ラスティはいい笑顔だ。そんな笑顔で言われたら、姑息《こそく》に誤魔化そうとしていたこちらが恥ずかしくなる。よし、それなら腹を括ろうじゃない。もしもの時は、私が全責任を取ればいい。

「食事は皆で食べたほうが断然美味しいですから、厨房で食べているのですが、いけなかったでしょうか？」

「い、いや……そういうわけでは……」

「そうですか！　ありがとうございます。あ、ロズベルグ様は厨房ではお嫌でしょうから、ちゃんとお部屋にお持ちいたしますね。ご安心下さいませ」

「あ……ああ……」

「じゃあ、早速。ラスティ、皆とここで待っていてね」

「はーい」

元気に声をあげたラスティを残し、厨房へ向かう。足取りはとても軽い。危機を切り抜けた安堵感で、私は思わずスキップをしてしまった。ああ、誰も見てなくてよかった。

厨房に入ると、ブラウニーとサラマンドが姿を現した。

「ごめんね、黙っていなくなってしまって。困ったでしょう？」

「問題ないのよねー。それより、あの子見つかってよかったのよねー」

「ま、喧嘩なんてよくあることさ」

「まあ、あなたたち、なんでも知っているのね。あ！　そうだ。私ったら忘れていたわ。あなたたちにリリィの居場所を探してもらったら、すぐにわかったのに」

そう言うと、ブラウニーとサラマンドは顔を見合わせて笑った。妖精たちの力なら、そんなこと朝飯前のはず。それに、捜索に向いている妖精もいる。その妖精を呼び出せばもっと早くわかったのにと、自分の浅はかさを嘆いた。

「そんなことより、カボチャのグラタン、あとは焼くだけなのねー」

「一気に焼き上げるかい？」

「わあ！　助かるうー。皆お腹空いているみたいだから、本当にありがたいわ。じゃあ、最後の仕上げ、やっちゃいましょう！」

私の号令で、ブラウニーはカボチャのグラタンを石釜の中に並べ、サラマンドは火を起こす。サラマンドの火はあっという間に高火力に達し、香ばしい香りが厨房を包んだ。

絶妙な温度調節により、カボチャのグラタンはとても美味しそうに焼き上がった。

それと昼に焼き上げたロールパンを一緒にトレイに乗せて、談話室に向かう。

「お待たせしました。ロズベルグ様、夕食をお部屋に運びますので、移動なさって下さいませ。ホーキンス、お願い出来る？」

「ええ、畏まりました。では旦那様……旦那様？」

ホーキンスに話し掛けられたロズベルグは、なにか言いたげに目を泳がせている。けれど、付き合いが短いため、私には考えがさっぱりわからない。これがラスティだったら、なにを考えているかわかるのだけど。

もう、忙しいのだから、早く部屋に戻って夕食を済ませてよね。

「あの、ロズベルグ様？　夕食、召し上がらないのですか？」

「い、いや！　違う、そうではない。そうではないが……わかった、部屋に行こう」

「は、はあ……」

なにがなんだかわからないまま、ロズベルグは階上へと去った。

それから私たちは厨房へ移動し、ロズベルグに夕食を持っていったホーキンスと、マルティナとリリィに食事を運んだシシリーが帰ってくるのを待って一緒に夕食を始めた。

カボチャのグラタンを見て、ラスティは驚嘆の声をあげた。あまり貴族の食卓に上がるものではないので、珍しかったのだろう。ロズベルグもマルティナも驚いているだろうかと想像して、ちょっと吹き出しそうになった。


（ロズベルグサイド）


カボチャのグラタンを前にして、私はため息を吐いた。

それは、美味しそうな夕食が気に入らないのではない。グレイスの作る食事はどれもこれも頗る旨く、一口で疲れが吹き飛ぶ効果がある。常に一日一食、外食で適当に済ませていた私が、日々の食事を待ち焦がれるほどに。

「どうして、一緒に食べたいと言えなかったのだ……」

後悔が口を衝《つ》いて出た。そう、ため息の原因はそれだ。グレイスたちが厨房で食べていると聞いて、私も一緒にと言いたかった。だが、何年も人と距離を置いてきた人間が、いきなり素直になどなれるはずもなく……。

昨夜グレイスと話をしてから、私はどこかおかしいようだ。いつどこにいても、彼女のことを考えてしまう。声がすると、どこにいるのかと探してしまう。嫌悪の対象である女性なのに、心の中には「好意」しか生まれない。嘘を吐かないからか？　いや、そのような人間は結構存在する。ホーキンスやシシリー、シーカーもそうだ。

では、彼らとグレイスはなにが違うのか？

明確に説明するのは難しい。ただ、グレイスの仕草や言動の一貫性、純粋に人々を救いたいと願うひたむきさが、猜疑心《さいぎしん》に凝り固まった私の心を溶かしていく気がしている。

ああ、間違いなく私は彼女に好意を抱き、また、好意を返してほしいと望んでいる。

それだけは拭《ぬぐ》いようのない事実だ。


夕食が終わり、後片付けも済ませて、ラスティを寝かしつけにいく。いろいろあって疲れたのか、横になった途端、ラスティは寝息を立て始めた。いつもなら、寝てしまってもしばらく私の手を離さないのに、今夜はそれすらも忘れていたようだ。

ちょっと寂しくなりながらも、我が子の成長を喜ばしく思い、部屋をあとにした。

アンダルシア屋敷の廊下は、夜になると等間隔でランプを灯すため、比較的明るい。しかし、所々薄暗いところもあり、ランプを持って歩かないと見えにくかったりする。私も足元を照らしながら歩き、自室の前で足を止めた。

「ねえ……」

突然、背後から声が聞こえて飛び上がるほど驚いた。か細い女の声だったような……？

周りには誰もいなかったはずよね……？　幽霊？　そ、そんなまさか……気のせいよ、ね。

「ねえってば」

また声が聞こえた。今度ははっきり真後ろから。怖さのあまり、固まっているとぐいっと肩を掴まれた。

「ひいっ」

「ちょっと、変な声出さないで。皆に聞こえてしまうでしょう？」

「ひ……え？　マルティナ様？」

「そうよ、いったいなんだと思ったの？」

なにって、幽霊ですけど⁉とは言わなかった。またヒステリックになられたら面倒だからだ。

「す、少し驚いただけです、申し訳ありません。あ、リリィとは和解出来ましたか？」

「……ま、まあね」

「それはよかったですね！　今夜の夕食はいかがでした？　お口に合いましたか？」

「え、ええ、面白かったわよ」

面白かった？　それ、味を聞かれた時に返す感想ですか？と、理不尽に思う気持ちを抑える。とにかく、早く話を切り上げたい。今日は疲れたので眠りたいのだ。

「そ、そうですか。では、私はこれで……」

「ちょっと待って！」

えー……なによ、もう文句は聞き飽きたのだけど？と嫌な気分になり立ち止まる。すると、珍しく困った顔のマルティナと目が合った。

「……リリィとなにかあったのですか？」

マルティナは小さく頷いた。随分と落ち込んでいるように見える。

「リリィの気持ちを聞いて、私、態度を改めると約束したの。それであの子もわかってくれたのだけど……やっぱりなんだか、態度が冷たいの。こっちを見てくれないし、笑ってくれない。どうしていいかわからなくなってしまって」

「失った信頼は、そんなに早く回復しませんよ。時間を掛けてゆっくり気持ちを通わせていったらいいのではないでしょうか？」

「……自信がないの。だって私、子育てなんてしたことなかったもの。あなたも知っているように、貴族の子どもたちには乳母《うば》がいて、親が関わることはあまりない。バートン家と決別してリリィとふたりだけになって……実家でも腫物《はれもの》扱いされて……私、自分が母親であることに自信が持てないのよ。ロズに頼ろうとしたのも、そのせい」

「でも、リリィを愛しているのですよね？」

ホーキンスが言っていた。リリィを預かると言ったバートン家から、マルティナが強引に実家のクロシア家に連れて帰ったのだと。

「愛しているわ。でもそれだけじゃ……」

「それが大事なのです。強い愛があるなら、関係の修復は出来るはず」

「その方法がわからないの……だから、あなたに会いにきたの」

「私？　何故私に？」

マルティナは縋るようにこちらを見た。

「力を貸してほしいの。あなたは、塞ぎ込んでいたラスティを元気にした。だから、リリィの気持ちもわかるんじゃない？　ねえ、どうしたらいい？　私なにをすれば、あの子の信頼を取り戻せる？　教えて！　なんでもするわ」

「マルティナ様……なんでもするのですね？」

「ええ、するわ」

「弱音は吐きませんよね？」

確認を取ると、マルティナは深く頷いた。

「わかりました。明日の早朝、厨房まで来て下さい。なにをするかは、その時、指示しますから」

「早朝、厨房へ、ね。わかったわ」

「では、明日」

部屋の前で別れると、マルティナは三階へと去っていく。私はふうと息を吐き、扉を開けて部屋に入った。長い一日が終わった。しかし、明日もまた同じように長い一日になりそうだと思い、早々にベッドに体を沈めた。


「腕を止めない！　回して回して！」

「いやっ……もう、もう限界よっ。助けて、助けてぇーーー」

「弱音を吐かないって言いましたよね？　あれは嘘ですか？」

「う、う、嘘じゃないわ。でも、これ、これは、ちょっと……ああ、腕が捥《も》げるー！」

マルティナは泡立て器をシャカシャカと回しながら、泣きそうな顔をしている。

リリィの信頼回復のために、私がマルティナに提案したのは、お菓子を手作りすることだった。料理をするのが初めてだというので、もう少し簡単なお菓子メニューをセレクトしてもよかった。

しかし、初日、リリィが美味しいと気に入ってくれた『メレンゲクッキー』。それにしたほうがより好感度が上がると思ったのだ。

で、現在、マルティナはメレンゲを作るため、狂ったように卵白を泡立てている。

「あ、ちょっといい感じになってきましたね。まだまだですけど」

「ええっ⁉　まだなの？　そんな……あと、どのくらい……かしら？」

「それはマルティナ様のやる気次第ですね」

「あああああ、腕が、もう、もう！　あ、あなた、こんなことよくやるわね。すごいわね」

「ありがとうございます」と微笑んだが、必死なマルティナは全然聞いていなかった。汗だくで顔は苦痛に歪み、美人が台無し。でも、その額に光る汗はとても美しいと感じた。

誰かのために必死になる姿は、なにより尊く崇高である、とイリス様の教えにもあるし、私もそう思う。

しばらくして、メレンゲが出来上がった頃には、マルティナはげっそりしていた。

「お疲れ様でした。ここまで来たらもうそんなに疲れる作業はありませんよ」

「そ、そう、よかったわ」

「リリィはイチゴ、好きですか？　今回イチゴ果汁を加えて、ピンク色で可愛く仕上げようと思っているのですが」

「まあ、素敵！　リリィはイチゴもピンク色も大好きなの！　とっても喜ぶわ」

マルティナはいきなり元気になった。リリィの喜ぶ顔が、頭に浮かんだのだろう。

やる気になったマルティナは、疲れを見せず、一心不乱に手を動かした。おかげで作業はとても捗《はかど》り、メレンゲクッキーは朝食前に焼き上がった。

「私にも出来たわ……ふふ、リリィは喜んでくれるかしら？」

「ええ、きっと。では、マルティナ様はリリィを起こして下さい。あとでお部屋まで、朝食とクッキーを持っていきますから」

「あの、よければ、一緒に食べてもいいかしら？　リリィから聞いたわ。このお屋敷では主人と使用人が一緒に食事をするのでしょう？　それがとても楽しいと言っていたから、ぜひ私たちも混ぜてもらいたいの。ロズに了解を取ってくれない？」

マルティナは、懇願するようにこちらを見る。その表情はまるで憑《つ》き物が落ちたかのように柔らかい。初めて会った時の刺々しさや怒りが消え、本来の彼女の性質が戻ったように思えた。

皆で食事をすることには大賛成、しかし……ひとつ問題がある。ロズベルグだ。彼が自室で食べているのをマルティナは知らない。ロズベルグも一緒に食べていると思ったから、了解を取ってくれと言ったのだ。だけど実際は……違う。

誘ってみるけれど、あの気難しい人が一緒に食べてくれるかしら？

ああ、でも、仲良しのマルティナが一緒なら、了承してくれるかもしれないわね。

「わかりました。そうしたら厨房では狭いですね。ホーキンスに言って、食堂を開けてもらいましょう。マルティナ様、リリィと一緒に食堂にいらして下さい」

「ありがとう。グレイス……あ、あなたも、私のことマルティナって呼んでよくってよ」

「え……？　えーと……はい」

「さて、私、リリィのところに行くわ」

晴れやかな笑顔で、マルティナは駆け出していった。

食堂で全員が食事をすることをホーキンスに伝えると、彼は渋い顔をした。主人と使用人がともに食事をする件について、やはりまだ思うところがあるらしい。しかし、マルティナの話を伝え、ロズベルグのことは私に任せてほしいと言うと、諦めたように頷いた。

その後、急いで朝食の準備をした。本日はイングリッシュマフィンで作る『エッグベネディクト』。そして、サラダにキャロットラペを添える。メレンゲクッキーと並行で作業していたので、粗方《あらかた》準備は終わっていて、あとは仕上げるだけだ。

シシリーがラスティを連れて下り、ホーキンスがロズベルグを呼び、マルティナがリリィを伴って食堂に入る。食堂の食器の数を見て驚いていたロズベルグに、恐る恐る詳細を説明した。憤るかもと思ったけれど、彼は「そうか」と一言呟いて席に着いただけだった。お叱りを覚悟していたが肩透かしに合い、幼馴染の力は偉大だな、と初めてマルティナに感謝した。

そうして、全員が着席して朝食を始めた。ラスティは、黄味が割れてぷるんと広がる様に目を丸くし、リリィはそんなラスティを見て笑う。ロズベルグも頷きながら美味しそうに食事をしており、ホーキンスやシシリーが一緒に食べていることを全く気にしていないようだった。

全員が食事を終え、お茶を淹れる。そわそわとするマルティナに、可愛く盛り付けたメレンゲクッキーの皿を手渡すと、そっと様子を見守った。さて、リリィはどういう表情をするかしら？

「リ、リリィ？　これ、私が作ったの、食べてくれないかしら？」

「あ……メレンゲクッキーね！　とってもかわいいわ。でも、本当におかあさまが作ったの？」

リリィは少し疑っているようだ。今まで作ったことがないから、当然といえば当然だ。

「ほ、本当よ！　ね、グレイス？」

「ええ。このメレンゲクッキーは、リリィのお母様が一生懸命作ったの。腕が捥げるーって言いながら、ね」

「ちょ、ちょっと、そんなことまで言わなくても……」

「ふふっ。まあ、いいじゃないですか」

私たちの打ち解けた様子に、周りはかなり驚いている。でも、一番驚いているのはリリィのようだ。彼女はピンク色のメレンゲクッキーと、マルティナの顔を交互に見つめ、やがて、にっこり笑って言った。

「ありがとう、おかあさま！　食べていい？」

「ええ、ええ！　食べてみて！」

リリィは皿からクッキーを一枚摘まみ、口にした。瞬間、彼女の顔は蕩《とろ》けるような幸せ色に染まる。

頬はクッキーの色と同じく桃色に染まり、その頬を両手で押さえてぷるぷると顔を振る。

「おいしい！　すごくおいしいわ、おかあさま。もっと食べていい？」

「もちろん。好きなだけ、召し上がれ」

「ああ、うれしい。そうだ、ラスティもみなさまもいっしょに、食べませんか？　おかあさまの作ったメレンゲクッキー、グレイスさまにも負けないくらいおいしいのよ！」

リリィは、クッキーの載った皿を持ち、「どうぞ」と皆に配って回る。自分の母親が作ってくれた物を、多くの人に味わってもらいたい気持ち、よくわかるわ。

ロズベルグたちは、クッキーを口に放り込み、感嘆の声をあげる。それを聞いたリリィは、誇らしげな笑みをマルティナに向けた。

楽しい朝食を終え、厨房で後片付けをしていると、マルティナが現れた。

「グレイス、ありがとう」

「いいえ、私はなにもしていませんわ。頑張ったのはマルティナですもの」

「私、リリィのさっきみたいな笑顔が見たかったの。まだまだ、母親としては未熟だけど、これからも、あの笑顔を守るために頑張るつもり。だから、ロズの正妻の座は諦めるわ。安心してね」

と、マルティナは微笑んだが、安心するもなにも、私にとってはどうでもいいことだ。ラスティとの生活を邪魔されなければ、正妻の座なんて、熨斗《のし》をつけて進呈したいと考えている。

「私たち、明日、クロシア家に帰るわ。居心地の悪い場所だけれど、リリィがいるもの」

「えっ、そうなのですか？　ラスティが寂しがりますね。リリィと友だちになれたのに……」

「ふふ、王都で女王陛下の即位十周年記念式典があるでしょう？　その時会いましょうよ。もちろん行くのでしょう？」

「記念式典？　女王陛下の？」

首を傾げると、マルティナが唖然とした。

「あら、まさか知らなかったの？　御実家のほうには招待がなかったのかしら？」

「い、いえ……あったかもしれません」

あったかもしれないが、私は知らない。ハーネット家とは縁を切ってシスター見習いになったので、俗世の行事などには疎いのだ。

「ロズは当然招待されているから、きっとあなたも同伴するわ。とすると、ラスティも一緒にタウンハウスに行くでしょう？　十周年の式典だから、かなり盛大にするそうよ。楽しみね！」

「え、ええ。とても」

女王陛下の即位十周年記念式典……そんな煌びやかな式典に、本当に行くことになるのだろうか？

少し不安になりながら、私は曖昧に微笑んだ。

第四章　収穫祭と桃色魚

マルティナたちが去り、屋敷はちょっと静かになった。

しかし、寂しがる間もなく、アンダルシア地方に収穫祭の時期がやってくる。アンダルシア領最大の町ハーバルでは、人々が準備で忙しくしているらしい。

私はサントスに連れられて、彼の妻が経営する雑貨屋に来ていた。少し前「お願いがある」と言われた件だ。

「まあまあ、グレイス様ですね！　ようこそお越し下さいました。私はサントスの妻で、スーザンと申します。さあ、こちらにどうぞ！」

ふくよかで朗らかなスーザンは私に向かって相好《そうこう》を崩した。彼女に連れられて、雑貨屋の隣の部屋に移動すると、そこには数名の女性がいる。彼女たちは、これから会議をするかのように行儀よく座っていた。私は彼女たちの注目を浴びながら、最前列の椅子に案内された。

「皆さん、アンダルシア公爵家のグレイス様が来て下さいました。それでは、順番にご挨拶を」

スーザンの進行に従い、女性たちは順番に自己紹介をし始める。どうやら、彼女たちはハーバル婦人会の役員たちで、今期の収穫祭の話し合いに来ているようだった。

自己紹介が終わると、スーザンが私に言った。

「恐れながら、グレイス様をお呼びいたしましたのは、先日夫が持ち帰った『食パン』なるものの件について、でございます」

「食パン？　食パンがどうかした？」

「はい。食しましたところ、もう、目が飛び出るほど美味しく、私、感動のあまりご近所へ配って回ったのです」

「え？　そんなにたくさんなかったでしょう？」

サントスに持ち帰らせたのは、食パン三枚程度。何人に配ったのかは知らないけれど、ひとりあたりに換算するとかなり小さくなる。

「ええ、とても小さくなりましたが、味と食感はよくわかりました。それで、ここからがご相談なのですが……」

スーザンは前のめりになり、役員の女性たちはごくんと息を吞む。そんなに重大な相談なのかと、こちらも身構えて言葉を待った。

「グレイス様の食パンレシピを伝授していただけないでしょうか？」

「伝授？　ああ、作り方を教えてほしいということ？」

「は、はい。無謀なお願いだとは承知しております。パンを作る者にとって、レシピを教えるというのは、命を預けることと同義なのでしょう？」

スーザンは近くの小柄な女性に目を向けた。確か、名前はクルルといったかしら？　クルルは、目を輝かせて頷き、何故か尊敬の籠った眼差しで私を見る。あまりに凝視してくるので、恥ずかしくなって目を逸らしてしまった。

命を預ける、というのは大袈裟だと思うけれど、確かにこの世界におけるパン屋の地位は高く、皆プライドを持っている。昔からあるパン屋は、先祖代々の元種《もとだね》を継ぎ、独自の味を保持しているのだ。

だから、エバンス教会で私がパンを作って売りに出しても、レシピを教えてくれとは誰も言わなかった。自分の店のパンに誇りを持っているから。

スーザンは続ける。

「このアンダルシア地方は、そこそこ豊かで物資も豊富ですが、これといった特産や名物がありません。だからでしょうか……観光客が少ないのです。今年は公爵様がご結婚されためでたい年、収穫祭も派手にやりたいと思うのですが、目玉となる品がなく困っていまして……」

「だから、食パンを名物にしようと思ったのね。いいわよ」

「え……そんな簡単に？」

「皆、私のパンを美味しいと思ってくれたのでしょう？　それなら、是非普及させたいわ。いつでもどこでも誰でも、美味しいものが食べられる世界って素敵だと思わない？」

万人が飢えることなく、笑顔で食卓を囲める世界。それはイリス教の信念であると同時に、私の願いでもある。自分のパン種で皆が笑顔になるのなら、たやすいことだ。

「なんと……なんと、懐が広くお優しい方なのでしょう……では、パン屋の娘のクルルにご教示下さいませ」

「よろしくお願いいたします！」

スーザンに促されクルルは元気に立ち上がった。

なるほど、パン屋の娘だったから、あんなに熱心に見ていたのね。

「任せて。元種を渡して、何回か練習すればすぐに習得出来ると思うわ。元々パン屋なのだから、必要な器具も揃っているでしょうし」

「はい、頑張りますっ！」

クルルの意気込みを聞いて、スーザンはほっとした顔をした。

「はあ……よかったわ。では、次の議題に移りたいと思います。よかったらグレイス様からも、ご意見をいただきたいのですが」

「ええ。どんな議題かしら？」

「近々、女王陛下の即位十周年記念式典がございますでしょう？　それと同時に、王都において各領地の地産料理で競う催しがあるのです。アンダルシア領も参加予定なのですが、これといった特産もありませんから、考えあぐねているのです」

ふうん、ご当地グルメグランプリみたいなものかな。試みとしては面白そうね。私はアンダルシア領の特産物なんて知らないから、いい案があるわけじゃない。でも料理なら少しは力になれるかもしれないわ。

「地産料理が決まれば、まず試験的に収穫祭で出してみて、お客の反応を見ようと思っています。それで、反応がよければ王都で出そうかと。アンダルシア領の威信を賭けた、負けられない戦いですものね！」

「そうね、わかるわ。野菜とか果物とか、国で一番！っていうものはないの？」

「一番、ではなく二番とか三番ですね。とにかく、本当にそこそこなのです。一番があればいいのでしょうが」

「うーん……」

そこそこかあ……。二番でも三番でもいいけれど、やはり一番で勝負したいと思う気持ちはわかる。よそにはなくて、うちにあるもの？　あ、そういえば……

「公爵家の近くに大きな湖があるでしょう？　そこで魚は獲れないの？」

「カナン湖ですね、獲れますよ」

スーザンは平然と言った。

え？　そうなの？　じゃあもっと魚料理が普及してもいいんじゃないかしら？　ノースランドにはここより他に大きな湖はない。なのに、どうして？

たぶん私は、釈然としない表情をしたのだと思う。それを見て、スーザンは慌てたように説明し始めた。

「昔は湖の魚も食べていたのです。ただ、調理が手間なのと、骨があって食べにくいのと、少々生臭いのが原因で人気がなくなりまして」

「あー、そういう理由……」

なにか重大な問題があるのかと思ったが、全く違った。ただ、それなら改善の余地はある。調理の手間も慣れてしまえばいいことだし、食べにくいのも生臭いのも下処理でなんとかなる。あとは、どんな魚が獲れるかだけど、釣りを得意とする民はまだ残っているのかしら？　いなければ私がなんとかして……。

「グレイス様？　あの……なにか？」

スーザンや皆が、心配そうにこちらを見る。どうやら、宙を見つめて、ぶつぶつと呟いていたようだ。

「えっと、ちょっと考え事を……ねえ、カナン湖で魚釣りを生業《なりわい》にしている人っている？」

「うーん、生業ではないですが、趣味で釣っている人はいますよ。カナン湖畔に小屋を建ててそこで暮らしている、ワグナー爺《じい》さんです」

「ワグナー爺さん、ね。あの、スーザン？　ご当地グル……いえ、地産料理の件だけど、ちょっと時間をもらえない？」

「あら、グレイス様、なにか良案がおありなのですね！　わかりました。収穫祭は十日後ですから、三日くらいなら大丈夫です」

三日……か。うん、天候がよければなんとかなる。あとはワグナー爺さん次第だけど。

私は頷き返し、三日後に彼女たちと会う約束をした。


「おかあさま！　あれはなんですか？」

「ん？　ああ、リスよ。尻尾が大きいから木の上で暮らしている種類だと思うわ。地面で暮らす種類もいるの。食べ物は木の実やキノコよ」

「じゃあ、このお花は？　白くて小さくて、とってもかわいいです」

「えっと、それは『ユキノシタ』かしら。へえ、こんなところにも咲くのねえ。確かいろんな病気に効くのよ」

「すごい、おかあさま、ものしりなのですね！」

ラスティが私を見上げて目を輝かせた。

私たちは今、湖に向かうため森の中を歩いている。婦人会の集まりの翌日は快晴、絶好の釣り日和だったので、ワグナーに会いにいこうと思ったのだ。また、森の中を歩くなら、ついでにラスティの野外教育も出来ると考えた。森の中は自然の宝庫だ。見たことのないものが多く、ラスティはずっと興味津々で目まぐるしく表情を変えている。せっかくだから魚釣りも一緒にしたいと思ってうきうきしていたのだけど……。

「よく知っているな。私はリスの種類などわからないぞ」

「いえ、私はハーネット領の田舎出身ですから詳しいだけです」

「いや、博識だ。君はいい先生だな」

と、感心しながらついてくる男がひとり。そう、ロズベルグである。

朝食時、私とラスティが湖まで出掛けると聞いたロズベルグは、自分も一緒に行く、と言い出した。マルティナがクロシア家に帰ってから、彼の様子が少し……いや、かなりおかしい。ずっと部屋に籠っていたのに、今では用もないのに厨房に来て、他愛もない話をしてまた戻る。今日の天気や料理の感想、嬉しい話もあるけれど、だいたいがどうでもいい話なのだ。手早く家事を終えて、ラスティと遊びたいと思っている私としては、ちょっと迷惑に感じている。

でも今回は、森の奥へと入り未知の湖に行く。土地勘のない私とラスティだけでは心許《こころもと》なく（仕方なく）同行してもらうことにしたのだ。

白樺の群生する森を進むと、やがて、カナン湖に着いた。間近に見る湖は、風に吹かれて湖面を揺らし、素晴らしい風景を作り出している。遠くから見るのとは違い、とても迫力があった。

「ロズベルグ様はワグナー爺さんを知っているのですか？」

小屋を探しながら尋ねた。

「ああ。父親が釣り好きでな。小さい頃は兄と父と三人でよく釣りに来ていたよ。ラスティと同じくらいの年の時だった」

「ロズベルグ様が釣りを？　ちょっと意外です」

「そうかな。うん、まあ、そうか……」

「でも、経験者がいて助かりました。今日はラスティと釣りに挑戦しようと思っていたのです」

そう言うと、ラスティが嬉しそうにこちらを見上げた。

「さかなつりをするのですか⁉」

「そうよ。お父様が教えて下さるのですって！」

「わあ、ありがとうございますっ、お……おと……おじさま」

「あ、いや。うん……」

ラスティとロズベルグの間にある、微妙な距離感には薄々気づいていた。突然父親を失い、ロズベルグの養子になったラスティ。そのラスティがロズベルグのことをいきなり『お父様』と呼ぶのは難しい。そんな感情を知っているのか、ロズベルグも無理強いはしない方針のようだ。

でも、心配はないと思った。この距離感は、なにかきっかけがあればすぐに解消される、そんな気がしたから。

「あ、あれがワグナーの小屋だ。爺は健在だろうか」

「爺？　まあ、本当に仲がよろしかったのですね」

「ああ……おっと、噂をすれば、だ。おーい、爺、ワグナー！」

ロズベルグの視線の先を辿ると、白髪の老人が背中を向け小屋の修復をしている姿があった。背が高く大柄で、腰は曲がることなく立ち姿が雄々《おお》しい。毎日釣りをしているからだろうか、世の同年代の老人よりも若く見えた。

呼ばれたワグナーは振り返る。そして、目を見開くと破顔した。

「ロズ様？　おお！　ロズ様、お久しぶりでございますな！」

「ああ、もう随分経つが、爺は相変わらず元気だな」

「はははは。そりゃあもう、毎日魚食っとりますんでな。体も頭も元気ですわい。そういや奥方様をもらいになったそうで。隣の美しい方がそうですかな？」

「妻のグレイスだ」

紹介されたので、私はワグナーに微笑んだ。そして、人見知りを発動し、背後に隠れたラスティに「さあ、挨拶しましょうね」と促した。

「こ、こんにちは」

「お……や……もしや……ああ、なんと、ラスティ様ですな。ヒューズ様の幼い頃にそっくりじゃ」

「会うのは初めてだったのか？」

「ええ。こんなに大きくおなりとは時の流れは速いものですなあ……ではラスティ様、改めまして、ワシはワグナーといいますじゃ。どうか爺と呼んで下さりませ」

　ワグナーは跪いてラスティと視線を合わせる。初めは人見知りをしていたラスティも、ワグナーの優しい人柄に安心し、笑顔を見せ呟いた。

「じぃじ？」

「ほおっ！　ああなんとお可愛らしい。そのお言葉だけで、爺はあと三十年生きられそうですぞ」

「そのうち化け物になるぞ」

「ロズ様はいつも一言多い。グレイス様もロズ様には手を焼いておいででしょう？」

　ワグナーが急に話題を振ってきた。手を焼くというか、考えの読めない雇用主だと思っている。最初は冷血漢のろくでなしだと思っていたが、今はそうでもなくなった。マルティナの件で私の味方をしてくれたり、案外人のことを見ていたりするのだな、とわかったからだ。

「いいえ。ロズベルグ様は真面目で優しい方ですから」

「これは仲のよろしいことで。おや？　お顔が赤いですぞ、ロズ様？」

「あ、赤くない！　気のせいだ！」

　ロズベルグは慌てて叫んだ。その様子に、ワグナーは高らかに笑う。そして、笑顔のままロズベルグに言った。

「それで、なにか爺に御用でしたかな？」

「ああ、そうだ。私たちは今日釣りをしようと思いここに来たのだが、爺は今も釣りをしているのか？」

「ほう、釣りをしに来たと⁉　ワシは今でも毎日釣っておりますぞ。カナン湖では、今でも桃《もも》色魚《いろざかな》がたくさん獲れますからなあ」

「桃色魚⁉　それって、どんな魚ですか⁉　食べられますか？」

いきなり話に割り込んだので、ロズベルグとワグナーが揃って私を見た。驚かせて申し訳ないけれど、それが詳しく聞きたい事項、ナンバーワンである。どんな魚が獲れるかで、料理が変わってくるからだ。桃色魚というからには、体が桃色なのか、身が桃色なのかどちらかなのだと思うけれど。

「グレイス様は魚に興味がおありなのですなあ。桃色魚とはワシがつけた名で、身がほんのり桃色であることからそう名付けました。もちろん食えますぞ」

「そうですか！」

じゃあ、鱒の類《たぐい》で間違いなさそう。どんな食べ方をしても美味しいけれど、火は通したほうが安全かも。でも食べ方を考える前に、隣でうずうずしているラスティの好奇心を満たしてあげないとね！

「ロズベルグ様、早速その桃色魚を釣らせてもらいたいのですが」

「ああ、そうだな。爺、釣り竿はまだあるか？」

「はいはい。昔ロズ様たちが使っていたものがございますぞ。手入れも欠かしておりません。

いつか、ヒューズ様とロズ様の子どもたちがやって来た時のために……機会があってよかったですじゃ」

ワグナーは弾むように小屋へ釣り竿を取りにいった。昔のアンダルシア家のことはよく知らないが、ロズベルグとヒューズ、そして先々代はとても仲がよかったと推察は出来る。その後、彼らは大きくなり、湖に来る機会は減ったのだろう。そして、先々代の死、ヒューズの結婚、ラスティの誕生、エルザの死とヒューズの死。ワグナーはここでひとり、アンダルシア家の歴史を眺めながら、穏やかな時がくることを信じ待っていたのだ。

「お待たせしましたな。では、これがロズ様。これがラスティ様の釣り竿になります」

「ああ、ありがとう」

「ありがとう、じいじ！」

「ほあああああっ！　尊い……尊いですぞお！　ラスティ様は太陽のようなお方ですな。その言葉と笑顔に、ワシの心は鷲掴みにされとりますじゃ！」

ワグナーは身悶えた。うん、わかるわかる、と背後で私も頷く。ラスティの笑顔は庇護《ひご》欲を掻き立て言葉は喜びを与える。純真な子どもらしさの中に、どこか、カリスマ性を秘めているとも感じていた。この子が立派に育ち次期領主になれば、アンダルシア領は更に栄えるだろうと確信している。

まあ、そうなると、必然的に私の責任は大きくなるわけだけど……が、頑張ろう。

「あれ？　おかあさまはさかなつり、しないのですか？」

ラスティの声に、ワグナーが驚いて答えた。

「いや、グレイス様は見学じゃろう？　御婦人は釣りなど嫌いますからな」

「あ、やってみたいのですが、いいですか？」

「え⁉　……これは、なんと失礼を。てっきり、魚など生臭いものには近づきたくないと思いまして」

「いいえ。魚は大好きですよ。とても美味しいし栄養もあるもの」

そう言うと、ワグナーは顔を綻ばせた。昨日の婦人会の集まりで、魚は人気がないと聞いたけれど、それはワグナーの耳にも届いていたのだろう。だから、私も同じだと。

「では、すぐにグレイス様の釣り竿もお持ちしますのじゃ。待っていて下されよ」

「ありがとう、ワグナー」

そうして、全員分の釣り竿が用意され、早速釣りが開始された。ワグナーのお勧めスポットに移動し、無言のまま釣り糸を垂らす。子どもには退屈な時間かと思ったが、ラスティは真剣な表情で湖面を見つめている。湖面が大きく揺れるたびに身を乗り出す姿は、とても微笑ましい。でも、さすがになにも釣れないのではつまらない。私は、ラスティが見事魚を釣り上げ喜ぶ姿を見て、ニヤニヤしたい……いや、心の英気を養いたいのだ。ラスティの笑顔が私の原動力であり、ご褒美なんだもの。

（ルカ？　ルサールカ？　いる？）

心の中で呼びかけると、湖からシャボンが浮き上がり、弾けてなにかが飛び出した。

「はあーい。久しぶりじゃん、グレイス。呼んでくれて嬉しいよ。で、なにすんの？」

と、ギャルのように答えたのは、水の妖精ルサールカ。水場や水気のあるところを好み、水に関するあらゆる術を扱う、スペシャリスト。見た目は豊満なボディのお姉さんで、耳の位置に魚のヒレのようなものがついている。話しやすい妖精だが、たまにいたずらをして水場に人を引き摺り込むこともある、ちょっと怖い妖精である。火の妖精サラマンドとは仲が悪く、一度一緒に呼び出してしまった時はハルマゲドンが起きかけた。それ以来、一緒に呼び出すことは避けている。

（湖の魚をラスティのところに集めてもらえる？）

「ラスティ？　ああ、隣の可愛い男の子ね。いいよ。一匹の残らず追い立てて、あ・げ・る」

言うや否や、ルカは水に飛び込むと、すごい勢いで遠くのほうまで行った。一瞬姿を消し、辺りはしんと静まる。

しかし、しばらくすると、ゴゴゴという不気味な音が聞こえ始めた。

湖面の揺れが段々酷くなる。バチバチと水を叩くような音も聞こえる。普段と違う湖の変化にいち早く気づいたのは、やはりワグナーだった。

「お、おい。こりゃなんだ……魚が騒いでいる。こ、こっちに向かってくるようだが……」

「向かってくる？　魚が？　そんな馬鹿な。逃げ出すならまだしも」

　ロズベルグも立ち上がり様子を窺う。そんな大人たちの様子に気づいたラスティも湖面に目を凝らす。その時、ラスティの釣り竿の糸がくんっと引いた。

「わっ、ひっぱられました！　さかなでしょうか⁉」

「そうかもしれないわね！　ほら、ロズベルグ様もワグナーもラスティに手を貸して！」

「あっ、ああ」

「おっと、すみません」

　ロズベルグとワグナーは、ともにラスティを支えて釣り竿を握る。しかし、掛かった獲物の力は強く、左右に揺さぶられていた。ラスティは中心で必死に竿を掴み、魚を引き上げようとしている。

「頑張れラスティ！　大物だ、踏ん張れよ！」

「は、はいっ。はなしません！」

「よし、せーので引き上げるぞ、いいか？」

　ロズベルグの言葉にラスティとワグナーが頷く。そして、号令が掛かると、一斉に釣り竿が引き上げられた。

　釣れたのは非常に大きな魚だった。往年の釣り人であるワグナーでさえ、その大きさに息を呑む。ロズベルグも唖然としていたが、ラスティは歓声をあげた。

「やったあ！　ぼくが……ぼくがつり上げたのですね！」

「すごいわ。ラスティ！　こんな大きな魚を釣るなんて、本当にすごい！」

ああ、そうよ。この笑顔が見たかったの。

満足していると、背後からルサールカが囁いた。

「よかったね！　でもー、グレイスの釣り竿も引いているよ」

「え？」

振り向くと、置きっぱなしの釣り竿が湖面に呑まれていくところだった。急いで掴んで釣り竿を引くと、ラスティが手伝いにやって来た。ワグナーとロズベルグもだ。全員で竿を引き上げると、今度もまた大きな魚が釣れた。

「おかあさまも、すごいです！」

「ふふっ、ありがとう」

「やれやれ、私たちは形無しだな、爺」

「ええ、情けないですな……」

全員が顔を見合わせた。そして、ぶはっと噴き出して大声で笑った。

「で、グレイス様、この二匹の桃色魚はどうしますかな？」

「そうねえ、ワグナーはたくさん釣った時、保存はどうしているの？」

「捌《さば》いて燻《いぶ》しておりますじゃ」

「燻す……あ」

燻製だ。私が理解したと知ると、ワグナーは近くに見える小さな小屋を指差した。

「あの小屋で作っとるんです。見てみますかな？」

「ええ！　ぜひ！　ロズベルグ様、ラスティをお願い出来ますでしょうか？」

「ああ、釣りを楽しんでいるよ」

ロズベルグに頷き返すと、ワグナーとともに小屋に向かう。近づくにつれ、燻されたいい香りが漂ってくる。彼が小屋の扉を開けると、信じられない光景が飛び込んできた。無数の桃色魚が天井から吊るされ、いい色で燻されている。なるほど、これなら保存も利くし、なにより美味しく食べられる。また、いろんな料理に応用が出来そうだ。

「食べさせてもらってもいい？」

「それは、構いませんが……グレイス様は不思議なお方ですな。桃色魚を食べたいと思う人間はもういないと思っていました。ワシは、この魚の旨さに自信を持っていますが、大多数はそうじゃあない。臭みを消す方法を見つけたと言っても、信じてもらえんのじゃ」

「じゃあ、私が確かめてみます」

「わかりました。ちょっとお待ち下され」

ワグナーは吊るされた燻製をひとつ下ろし、切り分けてこちらに手渡した。薄桃色でほんのり甘い匂い。口に含んでみると、塩気とスモーキーな風味が交差する、とろけるような食感であった。スモークサーモンにとても似ているけれど、それよりももっと旨味が強い。

「美味しいわ。これを食べないなんて人生損している」

「そうでしょう？　いろいろ改良し試行錯誤をしておりますのじゃ。旨くないわけがない、と思うとります」

「ワグナー、桃色魚の燻製、地産料理にしてみない？」

「地産料理？　いや……それは町の奴らが許さんだろうて。魚なんて面倒臭い、生臭いとな……」

　ワグナーは目を伏せた。心無いことを言われ続けたのだろうと、その仕草でわかった。

「それは結果で黙らせればいいだけの話。美味しければ、納得するでしょう」

「グレイス様は、この桃色魚を使った料理に自信がおありで？」

　訝し気なワグナーに、しっかりと頷いて見せる。

「素材がよければ、あとは合わせる料理を選ぶだけ。任せてくれない？」

「……ええ。そこまで言っていただけるなら、ワシも全面的に協力はしますのじゃ」

「ありがとう。頑張りましょうね」

　私が握手を求めると、ワグナーは一度手をズボンで拭いてから応じた。そんなちょっとした気遣いを快く感じながら、私たちは固く握手を交わした。

燻製にした桃色魚を五匹ほど譲ってもらい、ロズベルグとラスティと合流したあと、屋敷へと戻る。ラスティはあのあと、桃色魚を二匹釣り上げ、合計三匹、ロズベルグは一匹で私も一匹。そのうち四匹を燻製にするためワグナーに預け、あとの一匹は持ち帰った。自分で釣った魚を食べたいというラスティの要望を叶えるためだ。

燻製の桃色魚をどんな料理と合わせるかはもう決まっている。味、見た目、匂い、食感、そして、インパクト。全てを兼ね備えた料理だ。

それよりも、ラスティが食べる『初の魚料理』のほうに頭を悩ませた。初めて食べるのだから、嫌いにならないように気をつけなければ。でも、あまり凝ったものよりは、素材を最大限生かしたほうが絶対にいい。

いろいろ考えて、シンプルイズベストで『ムニエル』にする。臭みを消しながら、味と食感を感じ美味しく食べられるからだ。ラスティが釣った桃色魚は大きく、今夜、全員で食べてもまだ余る。次の日はパスタやサラダ、旬の野菜と一緒に焼き上げてもいいかもね。

メニューを考えながら、私は桃色魚に包丁を入れる。大きくて重く、一匹捌くのも骨が折れるだろう。でも、ラスティの笑顔が見られるのだったら、なんてことない。

夕食時、自分が釣った魚料理を前に、ラスティは目を輝かせた。皮目に香ばしい焼き目をつけた桃色魚は、脂のノリがよく口に入れるとふわっと溶ける。バターの甘みとレモンの酸味が合う、絶品料理となった。

シシリーとホーキンスが料理を称賛し、ラスティの釣りの腕前に感服する。褒められて気恥ずかしいのか、ラスティは終始真っ赤になり照れていた。ロズベルグも釣り竿を掴んで離さなかったラスティの勇敢さを賛美し、夕食は楽しいひとときとなった。

スーザンと約束した三日後の朝、私はハーバルのパン屋にいた。そこはクルルの家である。さすがパン専門の厨房だけあって、必要なものは全て揃っている上に竈も大きい。公爵家の厨房もかなり広く充実しているけれど、竈だけならこちらのほうが断然大きかった。食パン作りに必要な、正方形の金型も相当数用意されている。あとは、準備万端で待ち構えていたクルルに、自家製酵母を使ったパン作りを伝授するだけだ。

やる気がみなぎるクルルは、私の言うことを全部書き留め実践し、食パン第一号を焼き上げた。しかし、それは上手く焼き上がらなかった。これ具合のせいか、焼き加減のせいか、ちゃんと膨らまなかったのだ。クルルは諦めずに何度も挑戦し、四回目にして、素晴らしい食パンを焼き上げた。耳はさっくり、中はふっくらの完璧な食パンを。

「やった……やりました！」

「ええ。お見事！　これで収穫祭には間に合うわね」

「はいっ、ありがとうございます、グレイス様！」

「いいのよ。でね、クルルにお願いがあるのだけど」

そう言うと、クルルは「なんでもどうぞ」と朗らかに笑う。私は桃色魚を使った料理をここで作らせてほしいと言った。仕上げて持ってくるより、ここで作って出したほうがいい。時間が経てば経つほど、美味しさが落ちてしまう料理だからだ。

クルルに了解を得ると、早速料理に取り掛かる。アンダルシア邸から持参したバスケットの中には、あらかじめ準備してきた生地や材料が入っている。

珍しそうに隣で作業を眺めているクルルをよそに、生地を取り出し丸く広げて薄く伸ばす。ガスを抜くように優しく薄く。中央から外側に向かって丁寧に。そうして広がったら、トマトソースを満遍《まんべん》なく塗り、ひと口大に解した燻製をバランスよく散らす。その上にチーズをたっぷり載せて竈に入れる。

焼き上がれば、色鮮やかなバジルを数枚載せてそれで完成。簡単で美味しい、桃色魚のスモークピザの出来上がりである。

「わあ……いい香り。これって、カナン湖の魚ですよね？　私、食べたことなかったのですが、すごく美味しそうですね」

クルルはピザを覗き込みながら、ごくんと唾を呑み込む。

「でしょう？　とっても美味しいわよ。さあ、スーザンたちを唸らせに行きましょう」

私はピザを持って駆け出し、クルルは慌ててあとを追いかけてきた。

スーザンたちには、最初に顔合わせをした雑貨屋の隣室に集まってもらっている。部屋に入ると全員が立ち上がり私にお辞儀をした。

「こんにちは、皆さん。先日地産料理について考えがあると言ったけど、これがそうよ。生地を薄く伸ばし食材を載せて焼き上げる『ピザ』という料理なの。どうかしら？」

と言いながら、彼女たちの前に大皿を置く。

「まあ、なんといい香りなのでしょう。それに、なんだか丸くて可愛らしい形ですのね。えーとチーズとトマトとバジル……あとなにかしら……わからないけれど、どこか独特な……」

「スーザン、分析よりも先に食べてみて？　出来立てが命なの」

「え、ええ。畏まりましたわ。さあ、皆さんも、温かいうちにいただきましょう」

スーザンの合図に全員の手がピザに伸びる。そして、口に運んだ瞬間、感嘆の声があがった。

ひとり残らず、絶賛の嵐。美味しい、素晴らしいと口々に言っている。

「グレイス様、申し分ありませんわ！　これならば、ハーバル、いえ、アンダルシア領の地産料理に相応しい美味しさ！　目を引く見た目と、一度食べたら病みつきになる味。どうしてこのように珍しい料理を思いつくのでしょう、完璧ですわ。ぜひ、採用させて下さいませ」

「ありがとう。じゃあ、なにが入っているか説明するわね。スーザンがわからなかった、もうひとつの食材は……カナン湖の桃色魚の燻製よ」

「えっ⁉　でも、生臭さなんてありませんでしたよ。それに骨もなくて」

「そうでしょうとも。ワグナーが改良に改良を重ねたものなの。だから、生臭さもなくて、と

う。
＝生臭い』という認識が刷り込まれている。だから、脳内プチパニックを起こしているのだろ
スーザン始め婦人会の面々は、驚きと困惑が混じった顔をした。彼女たちの頭の中には『魚
「カナン湖の魚が、こんなに美味しくなるなんて……」
ても食べやすくなっていたのよ」

でも、舌の記憶は更新されていくもの。美味しいものの記憶は、更新されて上書きされるの
だ。
「私たち、とんだ間違った認識をしていたようです。素材を美味しくする努力をせずに、もう
ダメだと決めつけて……ワグナー爺さんには申し訳ないことをしました」
「わかってくれればいいの。ワグナーも協力してくれるって言っていたわ。それで……カナン
湖の桃色魚を使ったピザ、その名も桃色魚のスモークピザで、決定でいいかしら？」
「はい！　では私と主人が詳しい話をしにワグナー爺さんに会いにいきます。偏見を持ったこ
と、謝罪もしたいですしね」
スーザンの表情には、後ろめたさが現れていた。だが、きっと、ワグナーは許してくれる。
私は、気のいい元気な老人の姿を思い出し、スーザンの肩を優しく叩いた。
「じゃあ、これで、一応の問題はなくなったわね。あ、そうだ、スーザン。買い物をして帰り
たいのだけど、トウモロコシの粉ってどこにある？」

「うちの店舗にありますのでご案内します、どうぞ」

「ありがとう」

スーザンの先導で、私は店舗にやって来た。雑貨屋とは聞いていたが、店にはありとあらゆるものが置いてある。農機具や食料品、小麦粉から園芸肥料に至るまで多種多様。まるで、ホームセンターのようだと感じた。

「ああ、これですわ。どの程度ご入用ですか？」

「そうねえ。二袋くらいお願い」

「わかりました」

実はトウモロコシの粉で、トルティーヤチップスを作ろうと思っている。小麦粉でも出来るのだが、私はトウモロコシの粉で作ったものが好きだ。ラスティと一緒に、カリカリにしたトルティーヤチップスをディップソースで食べる。それを想像するだけで幸せな気持ちになった。

スーザンが用意してくれている間、店の中を物色した。なにか他に珍しいものがないかと思い視線を巡らせると、各種小麦粉や、穀物が樽に入っているのが見えた。その中に、ちょっと面白いものがあり目を留める。様々なトウモロコシの樽のひとつに爆裂種の粒があった。粒が小さく色も濃いのですぐに見分けはつく。でも、この世界でポップコーンを見たことはないから、きっと用途は別なのだろう。

あ……ちょっと、いいことを思いついてしまったわ！　ポップコーンなんて、ラスティが喜びそうじゃない？　町の子どもたちも、きっと大喜びするに違いないわ。

「どうしました？　グレイス様。他になにか気になるものでもございますか？」

「スーザン、あのね……」

私は悪巧みをするような顔で、スーザンに計画を話した。


収穫祭、当日。

私とラスティ、そして、ロズベルグはお忍びでハーバルの町へ繰り出した。公爵家の馬車は使わずに、サントスがいつも食料を運ぶ幌馬車に一緒に乗せてもらう。今日は一領民として心行くまで祭を楽しみたかったからだ。反対するかと思ったロズベルグも、やけにノリノリだったので助かった。

町はとても賑わっていた。飾りつけも見事で、ハーバルの町、ひいてはアンダルシア領が潤っていることを誇示している。これならば、他所から来た人も「アンダルシア領は素晴らしい」と言って満足してくれるに違いないと感じた。

幌馬車を雑貨屋の裏に止め、私たちは大通りに出た。

「人が多いな。ラスティ、手を」

ロズベルグがラスティに手を差し出す。ラスティはその手を取りながら、反対の手で私の手を掴んだ。

「おかあさまも、まいごにならないように、手をつなぎましょう」

「ありがとう。気をつけるわね」

ラスティに微笑み、小さな手を握り返す。朝からそわそわしていたラスティは、町の子と同じ装いをとても気に入っている。いつもはきっちりと留めているボタンをひとつ外すだけで、気分も開放的になるらしい。それはロズベルグも同じだったようで、伊達眼鏡を掛けて変装し、村の青年のような出で立ちを満喫している。

ただ……漏れ出す気品は隠せない。すれ違う人たちは、ロズベルグとラスティを見てため息を漏らす。現実離れした美しい親子に、目が釘付けになっているのだろう。だが、隣にいる私を見てとても残念そうな顔をするのはいかがなものか？　今日、私はシシリーに普段着を借りた。深い赤色のエプロンドレスだったけれど、それが様になりすぎて、町娘にしか見えなかったのかもしれない。

それにしたって、もう少し、配慮というものを学んだほうがいいと、説教してやりたくなった。

「ああ、ありました。ピザを出しているお店はそこですわね」

気を取りなおして、足を進めると、行列が出来た一角がある。そこは町の食堂で桃色魚のスモークピザを提供しているお店だ。ハーバルの町には食堂が二軒、酒場も二軒あってその全部でピザは提供されている。だから、お客は分散されるはずなのに、一軒でこの状況ということは、かなりの大盛況？　大丈夫かしら、材料、足りる？

そんなことを考えながら、行列に並んだ。生地と材料があれば、ピザはそんなに時間は掛からない。行列はどんどん進み、私たちはほんの少し並んだだけで席に案内された。店内はとても混んでいて、忙しく従業員が働いている。彼らが動くたびに、いい香りも移動し、お腹が刺激されてぐうと鳴った。

例に漏れず、桃色魚のスモークピザを注文してしばし待つ。皆でカナン湖の魚の話をしながら待つと、やがて注文の品が運ばれてきた。

「いいにおい！　じぃじのおさかな、とてもおいしそうです！」

目の前のピザを見て、ラスティが叫ぶ。ああ、この言葉をワグナーに聞かせてあげたい。きっと、奇声をあげて喜ぶのだろうと想像して思わず頬が緩む。あれから、スーザンやサントスと交渉したワグナーは、桃色魚の燻製を町に卸すことを決めた。その日によって漁獲量が違うし、乱獲は出来ないので数量限定になってしまうが、出来得る限り力になってくれると約束したらしい。また、人手が足りないだろうと、町から数人の青年たちが駆り出され、彼らはワグナー指導の下、仕事を覚えて頑張っているようだ。

「さあ、温かいうちに食べましょう」

「ああ」

「はい！」

パリパリの生地に、香ばしく焼けたチーズとまろやかな桃色魚の味は、最高にマッチしている。隣の家族連れも、後ろの席の観光客も、皆口々に絶賛していた。もちろん、ラスティとロズベルグも大満足で、公爵家の食卓の定番になることは間違いなしのようだった。

楽しい昼食を終え、次はクルルのパン屋に向かう。パン屋は町の中央にあって、比較的見つけやすい……と思ったら、そこも大行列。行列はぐるりと裏手まで続き、今から並んだとしても買えそうにない。仕方なく、外から必死の形相で働くクルルとその家族を確認し、次へ行くことにした。とにもかくにも、好評なようでなによりである。

パン屋を離れ出店を回る。出店には、収穫祭らしく新鮮な果物や野菜、また、工芸品などが並んでいた。その工芸品の中に、気になるものがあり立ち止まった。

「これ……蒸し器……せいろ、ですよね」

店主に尋ねてみる。

「いらっしゃい。そう『せいろ』だ。お客さんよく知ってるね。オレの爺さんの故郷、イーストガーデンでは、蒸し器はこの『せいろ』で木製が一般的なんだ」

「イーストガーデンが故郷……もしや、君の家族は三十年前の大移民か？」

「ああ、そうだよ」

ロズベルグの問いに、店主は目を伏せた。

三十年前の大移民とは、隣国イーストガーデンから国境を越えて逃げてきた人たちのこと。

イーストガーデンはギフト至上主義で、一部のギフトを持つ人たちが専制政治を敷いているという。圧政に耐えかねた一部の民衆は、逃げるために国境に詰めかけ、ノースランドはそれを受け入れた。その件で、ノースランドとイーストガーデンは今でも仲が悪い。

ちなみに、イーストガーデンは未だにその体制を崩してはいない。

「でな、せいろ職人だった爺さんが、昔を懐かしんで作ったんだが、全く売れなくて、残っちまってるんだ」

「そうなの……もったいないわね。せいろで蒸した食材ってとってもヘルシーで美味しいのに」

「お、わかる人だねえ。でも、ここらの人は、皆、鍋かフライパンで簡単にやっちまうからね」

店主はやれやれと肩を落とした。売り物は、木彫り細工のものが多く、とても見事な出来だ。せいろも綺麗な弧を描き歪みひとつない。イーストガーデンには職人が多いそうだが、ギフトの有無で彼らを手放してしまうなんて愚かなことだ。

「これ、買ってもいいでしょうか？　ロズベルグ様」

「ああ、いいとも。だが、もっと華やかな物でなくてもいいのか？　花とか、その……アクセサリーとか……」

「え？　いいえ？　せいろがいいですわ。だって、美味しいものがたくさん作れますからね！」

「おかあさまの作るおいしいものなら、ぼく、いっぱい食べられます！」

ラスティの瞳が輝く。この瞳に私、弱いのよねえ。なんでも言うことを聞いてあげたくなってしまう。

「ええ。いっぱい作ってあげるわ。一緒に食べましょうね」

「はいっ！」

「オレも嬉しいよ。爺さんの仕事が評価されてさ。せいろ、使い倒してくれよ。使い込んだほうが、味が出て美味しくなるんだ」

「わかったわ。そうさせてもらいます。で、あなた名前は？　どこに住んでいるの？」

尋ねると店主は変な顔をした。住所を聞いたのを不審に思われたのかも。

「あ、えっと、またせいろが欲しくなった時、どうすればいいかなと思って」

「なるほど、そうか。オレはノーリ、町の北に住んでる。町中に市が立つ時にはここで店を出すんだ」

「ありがとう、じゃあ、いただいていくわね」

「まいどあり！」

せいろを買って、ほくほくで歩き出す。ラスティはカボチャオバケのお面を買ってもらい、頭につけて嬉しそうだ。

有意義な買い物が出来たところで、広場のほうに移動した。広場には、臨時で作られた竈と大きな寸胴鍋が用意されている。それは私が指示したものだった。鍋の前には、スーザンと婦人会の人たちが準備万端で待ち構えていた。

「あ、グレイス様！　手筈通りにしておりますよ。始めますか？」

「ええ！」

返事をして、私はラスティに話し掛けた。

「これから、私が面白いものを見せてあげる。一番前で見ていて」

「は、はい、わかりました」

「では、ロズベルグ様、ラスティを頼みます」

「あ、ああ」

なにがなんだかわからないというロズベルグにラスティを任せ、大鍋の前に出る。通行人も、なにか出し物が始まるのかと集まってきた。

私は、すでに熱せられた鍋にオリーブオイルを多めに入れ、ポップコーンを適量投入する。いくら鍋が大きいとはいえ、大量に入れたら噴き出してしまうからだ。ポップコーンを投入して数分、真顔で見つめる観客の前で、「ポン！」と大きな音がする。突然の爆発音に、集まっていた数人が頭を抱えてしゃがみ込む。ラスティとロズベルグもきょろきょろと辺りを見回していた。音は続き、やがてそれが鍋の中から聞こえると悟ったラスティは、好奇心に目を見開いた。

「おなべの中に、なにかいるのでしょうか⁉」

「え？　そうなのか⁉」

ラスティとロズベルグが叫ぶ。観客も、鍋の中身に興味津々のようだ。音に釣られた子どもたちもたくさん集まってきた。

よし、このくらいでいいかしら。爆《は》ぜ終わり、静かになった鍋の蓋を開け、またオリーブオイルをかける。そして、木べらで数回混ぜると、得も言われぬ香ばしい匂いが辺りに漂い、見ていた全員がおおっと声をあげた。

「皆さん、こちらはポップコーン、トウモロコシの粒を炒って膨らませたお菓子です。並んでいただければ、お好きな味をつけてお渡しします！　甘くて口の中で溶けるメープルシロップ味、さくさくと軽やか、おつまみにも最適な塩味！　一袋一ゴートです！　さあ、どうぞお試し下さいませー」

集まった人に向けて叫ぶと、次々と人が寄ってくる。しかし、栄えある一番を勝ち取ったのは、ラスティとロズベルグだった。皆、ポップコーンがなにかは知らないようだが、匂いに釣られて並んでいるようだ。

「塩味とメープルシロップ味があるけれど、どちらにしますか？」

「私は塩、ラスティはどうする？」

「ぼく、あまいのがいいです！」

「わかったわ」

頷くと、塩を多めに振ったポップコーンとメープルシロップ味を渡す。入れ物はスーザンの雑貨屋にあった麻の袋を改良したもので、通気性がよくべとつかない。

「はい、どうぞ」

渡されたふたりは、躊躇することなく一粒口に入れる。

「ぽっぷこおん……すごいです！　ふわっとしてさくっとして、おいしいです！」

「これは初めての食感だ。食べやすくて癖になる。不思議な旨さだ」

「でしょう？　じゃあ、スーザン、あとは頼めるかしら？」

「お任せ下さい。グレイス様はご家族で収穫祭を楽しんで下さいませ」

小声でウインクをしたスーザンと交代し、私はラスティたちと広場の隅に移動する。

ふたりは、手が止まらなくなったのか、次から次へとポップコーンを口に放り込み、満足げに頷いている。その様子がそっくりで思わず吹き出してしまった。

「そんなにがっつかなくても、また作りますよ？」

「いや、旨くて止まらなくなるんだ。中毒性があるな。これは危ないかもしれない」

「うん。これはあぶないかもしれませんっ」

ラスティがロズベルグの真似をする。ついこの間まで、遠かったふたりの距離は、いつの間にか縮まっていたようだ。

「おかあさまも、はい、おくちをあけてください」

「ありがとう、優しいのね」

口を開けると、ラスティが小さな指でポップコーンを食べさせてくれた。メープルシロップの優しい甘さが口内を駆け巡る。ラスティの可愛さも相まって、体の疲れが一気に吹き飛んだ。

「塩味も……いるか？」

「え!?　いいのですか？」

ロズベルグがぼそっと言った。

「ああ、うん」

「ありがとうございます」

と、ロズベルグが持つ麻袋からひとつ摘まみ口に入れる。塩味はお酒にも合いそうな味で、飽きがこない。食べすぎてしまうのもわか……ん？

「あ、あのどうかしましたか？」

ロズベルグは何故かポップコーンをひとつ摘まんだまま、ばつが悪そうにこちらを見ている。その瞳はまるで悲しみに打ちひしがれた子犬のよう。

ええと、私、なにか悪いことしたかしら？

「い、いや、なんでもない。ああ、なんでもないんだ、気にするな」

「はあ、そうですか……」

「さ、さて、そろそろ帰るか？」

コホンと咳をし、その場を取り繕うようなロズベルグに、私とラスティは頷いた。

広場ではポップコーンを求める人の行列が長く続いている。収穫祭は、大成功したといっていいだろう。これで、王都で開催される、即位十周年記念式典で地産料理が大賞を取れたら完璧だ。


帰宅後、はしゃぎ疲れたラスティは着替えてすぐに眠ってしまった。ロズベルグも、ホーキンスから仕事の手紙を受け取ると書斎に籠る。なにか、重要な案件が書いてあったらしい。

私は祭の興奮からか、体がとても熱く感じている。その熱を冷ますためシシリーを誘い、厨房で一息つくことにした。

「それで、パンは大売れ、地産料理のピザも大行列、ポップコーンも大盛況……もう全てが大成功！　完璧だったわ」

「そうでしょうとも！　奥様の考えた料理ですもの。大成功以外あり得ません！」

「ありがとう。ごめんね、シシリー。収穫祭に連れていってあげられなくて。お留守番なんてつまらないわよね」

「ええ、本当に残念です……なーんて、平気ですよ！」

シシリーはおどけて笑う。しかし、その後、真剣な表情になり言ったのだ。

「だって、私はもう、十分に楽しませてもらっていますから」

どういうことだろう？　と、首を捻《ひね》ると、シシリーは静かに続けた。

「私がこちらに来たのは、エルザ様が亡くなったあと。このアンダルシア家が一番不遇な時代に、ここにいたのです。だから、まさか、こんな日が来るとは考えてもみませんでした。塞ぎ込んでいたラスティ様が笑い、女性嫌いで気難しい旦那様が温厚になるなんて……全て、奥様が見せてくれた奇跡でしょう」

「シシリー……私の奇跡じゃなくて、これはイリス様が導いた出会いの結果。神の奇跡だと思うわ」

「ええ、それもひとつの考え方でしょう。でも、やはり奥様は偉大です。私にとってはイリス神よりも……あ、罰当たりでしたか？」

「ふふっ。神は寛大だもの。そのくらい許して下さるわ」

そう言うと、シシリーは口の端を上げた。いつもと違うその落ち着きに、ちょっとだけ戸惑ってしまう。おどけて見せているけれど、彼女は彼女で、アンダルシア家の人たちを心配していたのだろう。思いがけず窺い知れたシシリーの別の側面に、なんだか得をした気持ちになった。

「さてと、私も休むわね。さすがに最近忙しかったから」

「そうですわね。ごゆっくりお休み下さいませ」

席を立つと、部屋に向かう。

階段を上っていると、なんだか足が重く感じ、部屋に入るなりベッドに倒れ込んでしまった。

（ラスティサイド）


とっても楽しいゆめを見た。

おかあさまとおまつりに行って、ぽっぷこおんを食べたゆめ。

目がさめると、もう朝になっていた。おそとは、まだちょっと暗い。でも、おかあさまは、きっと起きている。

あ、そうだ！　きがえてちゅうぼうに行ったら、おかあさま、おどろくかな？

ぼくがひとりできがえたんだって言ったら、きっと、ほめてくれる！

と、思ってへやを出たら、ホーキンスがあわててろうかを走っていた。

どうしたのだろう、とってもいそがしそう。

「ああ、おはようございます。ラスティ様」

「おはよう。なにかあったの、ホーキンス？」

「はあ、実は奥様が体調を崩しまして、お熱が高く……」

「ねつ？　え……おかあさま、びょうきなの？」

むねがどきどきした。すごく、いやなきぶん。ぼくは、おかあさまがしんぱいで、おへやに行こうとしたけど、ホーキンスがだめだって言った。

「感冒であったなら、ラスティ様にうつるかもしれません。ラスティ様がご病気になったら、奥様が悲しみますよ」

「でも、しんぱいなのです。おかあさま、くるしんでいるんでしょう？」

「大丈夫でございます。今、旦那様がお医者様を呼びにいっておりますし、シシリーも側に付いていますからすぐに治りますよ。ラスティ様はお部屋でお待ち下さい。もう少ししたら、朝食をお持ちいたしますので」

ホーキンスはそう言ったけど、むねのどきどきはおさまらない。

だいじょうぶ？　ほんとうに？

ぼくは、待っているだけしかできないの？　おとうさまが、いなくなったときみたいに……。

そんなのいや！　なにもできずに待っているなんていやだ。

おかあさまのびょうきは、ぼくがなおす！

でも、どうしたらいいのかな。かんがえてみたけれど、おいしゃさまじゃないから、思いつかない。

あ、そういえば、森でおかあさまが言っていたっけ。

『ユキノシタ』っていう名まえの白いお花は、いろんなびょうきをなおすって。

うん、それをとりに行こう。

ホーキンスに見つからないように、ぼくは外に出た。

うらのお庭は、たぶん鍵がかかっているはず。だから、大きな門から出る。

しまっているけれど、ぼくは小さいから、門のすきまから出られると思う……ほうら、やっぱり。

ぼくは、門をすりぬけて『ユキノシタ』を見たばしょをさがす。

だけど、どこも同じに見えて、ぜんぜんわからない。

どこまで歩いても、見つからない。

早くお花を見つけておかあさまを助けないと！　そう思って走ったら、木のねっこにつまずいてひざをすりむいた。

「おかあさまぁ……うっ……おかあさま……」

ないちゃだめ。

わかっているけど、かなしくてなみだが出た。そうしたら、どこかから白いひかりがふわふわととんで来た……。

「呼んでいるの？　こっちにこい、って？」

白いひかりは、うん、とうなずくようにゆれている。もしかして、ぼくを『ユキノシタ』のところにつれていってくれるのかな？

よし。しんじてみる！

ぼくは白いひかりについて行った。そうしたら『ユキノシタ』があった！

「わあ！　よかった！　ありがとう……ええと、白いひかりさん！」

おれいを言うと、ひかりはぴかぴかとまぶしくかがやいた。そして、また、ついてきてというように、ぼくをやしきにつれて帰ってくれた。

ぼくはおかあさまのおへやに走った。そうしたら、おへやの前で、知らない人と、ロズベルグおじさまがおはなしししていた。

「奥様の生まれはハーネット領でしたね。暖かい地方だ。きっと急な寒さで体調を崩されたのでしょう。熱もすぐに下がると思いますよ」

「そうか。急にすまないな」

「いいえ。おや、どうされました？」

知らない人は、おいしゃさまだったみたい。おいしゃさまは、ぼくを見てにっこり笑った。

「あのっ、こ、これ……おかあさまのおねつを下げるお花です！」

「ラスティ、お前、泥だらけじゃないか。いったいどこへ……」

「おかあさまのびょうき、これでなおして下さい！」

おじさまは、おどろいた顔をしていた。

でも、どろだらけだっていい。ころんでひざをすりむいていたっていい。おかあさまが元気になってくれるのなら。

「なるほど、ユキノシタですね。わかりました、奥様の治療に使いますね。ラスティ様」

「おねがいします！」

よかった。おいしゃさまがおかあさまをなおしてくれるの。

だけど、ぼくもおへやに入りたいな。おじさまもホーキンスもシシリーもみんな入れるのに、ぼくだけおかあさまに会えない……。

「ラスティ」

おじさまがぼくの前にかがみこむ。そしてやさしく、あたまをぽんぽんとたたいた。

「グレイスのために取ってきたのか、あの花を」

「はい」

「ひとりで森に入って、か？」

「……はい」

怒られる、と思った。でもおじさまは笑った。

「頑張ったな。グレイスはすぐによくなる。だから、お前も信じて待っていろ」

「入っちゃだめですか？」

「もう少しの辛抱だ。わかるな？」

「……わかりました。じゃあ、とびらの前にいていいですか？　おかあさまがよくなるように、イリスさまにおいのりしたいのです」

「いいよ。私も一緒にお祈りしよう」

ぼくとおじさまはとびらの前で、イリスさまにいっしょうけんめい、おねがいした。

だいすきなおかあさまを、早く元気にして下さいって。

第五章　ロイヤルファミリーの問題

珍しく体調を崩し丸二日寝込んだ私は、三日目、ようやく復活した。

今まで病気という病気をしてこなかったのに、寒さと疲れで寝込むなんて不甲斐ない。

妖精たちに聞くと、ラスティはひとりで森へ行き『ユキノシタ』を手に入れようとしたとか。

しかしどうしても見つけられず、泣いてしまったので、見かねた妖精たちが手を貸したらしい。

でも、本当に無事でよかった。ラスティの優しい想いと祈りのおかげで、早く病状が回復したのかもしれない。

いや、絶対にそうだわ！　だって、あんなに可愛いラスティのお願いを無下《むげ》にするなんて、イリス様がなさるはずないものね。

また、ロズベルグも、早朝にも拘わらずお医者様を呼びにいってくれた。ホーキンスとシシリーにも迷惑を掛けたので、皆に美味しいものを作って、お礼をするつもりでいる。

病が癒えて数日後、私たちは王都へと向かう馬車の中にいた。女王陛下の即位記念式典に出席するためである。古くからの名家であるアンダルシア家には、当然のように招待状が届いていた。招待されたのは、ロズベルグと私、そしてラスティだ。

一般的には、登城し謁見《えっけん》を許されるのは当主とその夫人だけだが、今回はラスティも共に、という陛下のご希望だったようだ。

だけど、ラスティが一緒で心から安堵している。もしもロズベルグとふたりだけだとしたら、なにを話していいかわからない。最近はよく喋るし、優しくなったけれど、やはり第一印象は忘れられないものだ。ハーネット領からふたりで馬車に乗ってきた時の、終始無言の地獄のような時間を思い出すと、今でも気が滅入る。

最悪の出会い方をすると、案外引き摺るものなのだ。ただ、ラスティと出会わせてもらったことには感謝している。

というわけで、馬車には、ロズベルグ、私、ラスティと、そしてシシリーがいた。彼女には私が側にいない時のラスティのお世話だとか、王都のタウンハウスでの細々な家事をお願いしている。人を信用していない（いなかった）ロズベルグのせいで、タウンハウスには使用人がいない。不在時に管理をしてくれている老夫婦以外は、当主になった時に解雇したと聞いている。料理人がいないと食事に困ったでしょう？と尋ねると「いや、毎日外食だったから」と答えられたので呆れてしまった。でもそのおかげで、今回の王都滞在中も、私が料理を担当出来そうだ。

「えーとえーと、どれだっけ？　これかな？」

「あっ、すごいわ、ラスティ！　ハートの5とクラブの5。数字が同じね、当たりだわ。じゃあ、もう一回ね！」

「やった！　じゃあ、次はこれにしよう」

　馬車の中に小型のテーブルを持ち込んで、私たちはカードゲームをしていた。王都までの時間を楽しく過ごそうと、ロズベルグから紙をもらって、簡易的な『トランプ』を作ったのだ。強度を高めるためと裏に透けないように、出来るだけぶあつい紙を使用している。

　ついこの間まで、紙は貴族の間でしか普及していない高級品だった。でも、凄まじい技術の進歩により、瞬く間に庶民の間に広まった。その立役者は、王都にいるなんとかという大商人（名前を忘れた）で、彼が率先して製紙事業と活版事業を推し進めたのだとか。女王陛下も前途有望な事業に出資を惜しまず、これからも伸びていく事業だとロズベルグが話していた。

「あー、まちがえてしまいました……」

「残念ね。次はロズベルグ様、どうぞ？」

「ああ。じゃあ、これを捲《めく》るぞ……そして……よし。これだ！」

　クラブの8とクラブの3。ハズレである。今やっているのは数当てゲーム。

　前世では神経衰弱といったけれど、ここではどうもしっくりこなくて、結局なんの捻りもない数当てゲームという名前に落ち着いた。

「……難しいな」

「まだ最初ですからね。もう少し進んでカードがどこにあるかを記憶すると、簡単になりますよ」

「ふむ。じゃあ、次に賭けよう。シシリーの番だぞ？」

「はーい。私もラスティ様みたいに当てちゃおうっと！」

シシリーはカードを引き、そして、見事に数を当てた。目を丸くするラスティ、悔しがるロズベルグ。その前でシシリーはふんぞり返った。野性の勘とは恐れ入るわ。こういう人が、なんだかんだで成功するのよね、と私は肩を竦めた。

途中の町で宿を取り、次の日の午後、王都に着いた。まずタウンハウスに向かい、出迎えてくれた管理人夫妻と挨拶を交わすと、次はいつもの厨房チェック、である。ここを知り尽くしておかないと気が済まない変な性格なのだ。

ひとしきり器具や設備を確認してから、必要な食材を管理人夫妻に買いにいってもらう。

せっかく王都に来たのだから、自分で行きたかったのだが、病み上がりを理由にロズベルグとラスティに反対されてしまった。明日から約一週間かけて式典が開催され、とても忙しくなるからだという。

「むりをしないで下さい、おかあさま」と涙目のラスティに頼まれたら、我慢するしかない。

もうラスティに、心配を掛けたくないものね。

翌朝、支度をして王宮に向かう。いつも着ている地味な青いドレスは、今日は封印。式典のためにあつらえてもらったドレスに袖を通す。デコルテ部分が大きく開いたデザインで、鮮やかなアクアマリン色。縁取りのレースがとても美しい最高級のものだ。王都で修業したというハーバルの仕立物師が「奥様のために、持てる技術の全てを込めた一着です！」と言って胸を張るだけあって、着心地もなにもかもが素晴らしい。似合うかどうか心配だったが、ロズベルグとラスティが、太鼓判を押してくれたのでちょっと安心している。

公爵位であるアンダルシア家は、謁見順位が二番で待たされることはない。これがハーネット伯爵家だったら、おそらく夕方。下手したら翌日の昼間になるだろう。いや、呼ばれているかも怪しいものだ。

私、結構、場違いなところに来ているんじゃない？　そう考えるとちょっと怖い。ラスティと手を繋いでいないと、怖気づいて引き返してしまいそうだった。

ロズベルグは勝手知ったる他人の家のように、迷いなく王宮内を進んでいく。濡羽色《ぬればいろ》の艶やかな上着を颯爽と靡《なび》かせる姿に、王宮の使用人が皆振り返る。全員が感嘆のため息を漏らし、彼を目で追う様子に、ロズベルグの人並外れた美しさを再認識させられた。

そういえば、私は彼がどんな仕事をしているか、以前どんな仕事をしていたかを知らない。ヒューズの後任として、ギフト研究所の所長になったということしか聞いていなかった。

衛兵が両開きの扉を開けると、深い赤色の絨毯が敷かれたとても広い部屋があった。奥には玉座があって、陛下と殿下、あと王太子殿下が座っている。でも玉座までが遠すぎて、顔や表情までは確認出来なかった。

威圧的な雰囲気に緊張感が増す。ラスティの手もちょっと震えていたが、ロズベルグが遠慮なく突き進むので、必死についていくしかなかった。

「女王陛下、即位十周年、誠におめでとうございます」

ロズベルグが頭を下げ、それに倣《なら》う。陛下や殿下を見る余裕はない。

「ありがとう、アンダルシア卿。そなたたちの支えがあってこその御代《みよ》である。これからも頼むぞ」

「はい」

「なーんて、堅苦しいのはやめやめ。ほら、皆顔を上げてくれ。話も出来んじゃないか」

やたらと砕けた陛下の声に顔を上げると、目鼻立ちがくっきりとした超美人がこちらを見下ろし微笑んでいた。色白の肌に煌めく金髪。そんなに化粧をしているわけではないのに、陶器のように肌が澄んでいる。初めて見る陛下に、私は息を呑んだ。

フェリシア・マリー・ノースランドは現在三十八歳。幼少より剣術に長け、人心掌握術《じんしんしょうあくじゅつ》に秀でる、獅子姫の異名を持つ女傑《じょけつ》。三十年前、大移民を受け入れたことを根に持つイーストガーデンの侵攻を、前線で何度も食い止めてきた英雄である。女性の地位が男性より低い貴族社会において、即位当初はかなり誹謗中傷されたと聞く。それを機転と力で黙らせたのだとか。

その陛下が、こんなに美しい人だったとは。ちょっと男勝りな言葉遣いだけれど、そこがまた魅力的である。

「陛下、砕けすぎではないですか？」

「ロズ、お前は固すぎるのだ。親衛隊長であった頃の口癖が抜けんな。もう違うというのに」

「陛下が異動を命じたのでしょう？　私は親衛隊長のままでよかったのですがね」

「あははは。そうだったか。が、仕方あるまい。もう公爵家の当主なのだからな」

ふたりの会話を聞いて、初めてロズベルグが親衛隊長だったのだと知った。

ノースランド国の親衛隊といえば『ノースガード』と呼ばれる生え抜きのエリート集団である。世情を知らない田舎シスターでさえ、その名を聞いたことがある有名な人たち。ロズベルグがその長であるのを知って驚いたが、顔に出さないように耐えた。夫の前職を知らないのは妻としてあり得ないからだ。

異動になったのは、おそらくヒューズが亡くなったからだろう。跡目を継がなくてはいけないから、陛下の護衛の地位に留まれなくなったのだ。

「ところで、新婚生活は満喫したか？　極度の女嫌いが結婚したと聞き、嬉しくなって休暇を取らせたが……ふん。楽しかったようだな」

「陛下。お戯れはそこまでで」

「嫌だね。今回私は、お前より夫人と息子に用があるのだ」

陛下は突然私とラスティに目を向けた。

「グレイスとラスティだね。まあ、気楽にしたまえ。私もランベルトも君たちを取って食ったりはしない」

　陛下は隣に座るランベルト殿下に目配せをした。ランベルト殿下は肩を竦めつつ、陛下を優しい目で見返す。サウスフィールド国の第二王子であった殿下は、陛下が王女であった時に初めて出会って一目惚れ。男性に興味のなかった陛下に情熱的な手紙を書きまくり、熱烈に愛を伝えたという。やがて、そのしつこさに諦めた陛下は結婚を承諾したが、ランベルト殿下の細やかな気配りや、自分に対する揺るぎない愛を知る。そうして誕生したのがノースランド一のラブラブ夫婦というわけだ。

「グレイス、現在開催中の地産料理のグランプリ、今のところ優勢なのはアンダルシア領なのだよ。知っていたかい？」

　陛下が私に言った。

　地産料理のグランプリは昨日から始まっていて、三日間通して行われる。陛下や殿下、教会の大司教様、また選ばれた市民が審査を務め、大賞を決めるらしい。アンダルシア領からは、例のピザを出している。また、評判のよかった食パンも売りに出すと聞いた。

「いいえ知りませんでした。そうなのですね」

「ああ。君のところのピザは、ずば抜けている。それと、パン！　アンダルシア領の収穫祭で話題になったのだろう？　最高だったよ！　あんなに柔らかくなるのだね。もう何回か侍従に買いに行かせているが、式典が終わったら食べられないと思うと辛い……真剣にアンダルシア領に遷都《せんと》しようかと考えている……」

陛下は肩を落とした。パンのために遷都を？　たぶん冗談だとは思うけれど、陛下の落ち込みようを見ると、冗談じゃないのかも、と思えてくる。

「フェリシア、君が変なことを言うから、公爵夫人が面食らっているじゃないか。ほら、本題に入ろう」

「変なこと？　ランベルト、私は結構本気だったのだが……まあ、いい。話を戻そうか。実はね、私たちの息子、王太子リシャールの件なのだが……」

陛下の視線がランベルト殿下を飛び越えてその隣の席に向く。私もその視線を追った。

そこには、線の細い男の子が座っている。陛下と同じ金髪で青い瞳、とても美しいお人形のような容姿だ。なんで最初に気づかなかったのだろう。こんなに美しい子を見逃すなんて、私としたことが……。

陛下の覇気強めの強烈なオーラに霞《かす》んでしまったのかしら？　王太子殿下は今年七歳のはず。それにしては痩せていて小さい気もした。物静かで繊細な雰囲気がそう思わせるのか。

一見して内向的なイメージが、存在感の薄さに繋がっている気もした。

「どう思う？」

「どう思う……とは、あの……」

「はっきり言ってくれて構わない。大人しすぎる気がしないか？　なんというかこう、弱々しくて……」

「いいえ、そうは思いません。思慮深く聡明な方に見えます。物静かなのは王太子殿下の個性ではないでしょうか？」

そう答えると陛下は首を横に振った。

「個性、ね。私は自分がこういう性格だからか、思慮深いとか物静かというのは、弱いと同義に思う。一国を預かる君主としては、マイナスにしかならない。よからぬ奴らに付け込まれる要因になるし、今後イーストガーデンとの戦《いくさ》が起こり、味方を鼓舞せねばならない時、王が弱くては皆を不安にさせてしまう。弱さは文字通り弱点なのだよ。だから私は、リシャールを強くしようと毎日、剣の稽古をし、次世代の王としての心づもりを、口を酸っぱくして話しているのに」

「それで陛下はどうしたいというのです？　今回ラスティが招待を受けたことと、関係がありますか？」

口を挟んだのはロズベルグだ。本来陛下との会話に、横やりを入れるなんて許されない。だが、ロズベルグへの信頼か、王太子殿下への心配か……陛下は咎めずに話を続けた。

「ランベルトは、近くに同じ年頃の子どもがいないからでは、と言うのだ。王宮には大人ばかりで、私もランベルトも仕事でほとんど一緒にいてやれない。家庭教師やナースメイドはおべっか使いばかりで話にならん。もっと切磋琢磨出来る関係が必要なのではと考えたのだ。だからこの機会に、歳の近いラスティと一緒に遊ばせようとしたわけだ」

「ラスティと？」

「うむ……それと、グレイスにはふたりが遊ぶ時の見守り役として側にいてもらいたい」

「見守り役、でございますか？」

「そうだ。実は風の噂でな。塞ぎ込んでいたラスティを、グレイスが元気にしたという話を聞いた。そんな心優しいグレイスなら、見守り役に最適だと思ったのだ」

ロズベルグは心配そうにこちらを見る。しかし、私の心は躍った。王太子殿下とラスティが遊ぶのを見守る役ですって？　そんな美味しい役目、願ってもないわ。頼まれなくてもやりたいくらい。

「どうだろうか。ロズ」

「病み上がりのグレイスにあまり無理をさせたくありません……が、本人はやる気のようですから、お受けするしかないでしょう」

こちらを見つめ、ロズベルグは苦笑した。そ、そんなにやる気の顔をしていましたか⁉　気持ちが顔に出てしまったのね、うっ、恥ずかしい。

「ふふっ、君もそれでいいかな？　グレイス」

陛下の問い掛けに、私は即答する。

「はい！　お受けいたします！　あの、一緒に遊んでもよろしいですか？」

「もちろん！　君は本当に子どもが好きなようだ。期間中は、王宮のなにを使っても、どこで遊んでも構わない。よろしく頼む」

「はい！」

答えると、ラスティに視線を送る。ラスティは王太子殿下と遊ぶと聞いて緊張していたようだが、私も一緒だと思いほっとしたのか、満面の笑みになった。

翌日、迎えに来た馬車に乗り、私とラスティは王宮へと向かった。

ロズベルグは職場であるギフト研究所に用があるといい、すでに出掛けている。アンダルシア領に届いた手紙の件で、所員と話し合いをするらしい。

王宮に着くと、衛兵たちが待っており、すぐに王太子殿下の部屋に通された。

「リシャールでんか、おはようございますっ」

ラスティが元気に挨拶をする。促したわけでもないのに、ちゃんと挨拶が出来るなんて、うちの子、とっても賢いわ。なんて、過剰な親馬鹿を爆発させながら、私も挨拶をする。

「おはようございます。リシャール殿下」

殿下は、机に座ってなにか書き物をしていた。勉強かしら？と少し近づくと、それを手で覆い隠して机の中にしまい、急いでこちらを向いた。

「お、おはよう、ラスティ……と公爵夫人」

「殿下、私のことはグレイス、で結構ですよ？」

「うん、で、ではグレイスと呼ぶ」

リシャール殿下は、ぼそっと言いながら俯いた。本当に物静かな性格なのね。でも、しっかり挨拶も出来るし、どこにも問題はないと思う。

ただ、それではダメなのだと陛下は言った。王となるには、また違った資質がいると。

「それで、殿下は、いつもなにをして過ごしているのですか？」

「……勉強とか、いろいろだ」

「勉強がお好きなのですか？」

「ま、まあ。体を動かすよりは、好きかもしれない」

うーん。典型的なインドア派か。でも、剣の稽古とか鍛錬が不得意なだけで、遊びの中での運動は大丈夫かもしれない。楽しむことが目的なのだし。

「殿下は体を動かす遊びで好きなものはありますか？」

「いや。特にない」

「では、まずラスティが好きな遊びをしてみませんか？」

「あ！　イリスさまがわらった、ですか？」

ラスティの大声に殿下は首を捻る。

「イリス様が笑った？　どういう遊びなのだ？」

私は簡単に説明すると、まず、ラスティとやって見せた。その様子をリシャール殿下はとても興味深そうに見つめていた。

「うん、わかった。とにかく、見られている時は動かない、ということだな」

「そのとおりでございます！　ではお外に行きましょうか。遊びは、お日様の光をたっぷり浴びてやらなくてはいけません」

「そ、そうなのか？」

「そうでございます！　王宮内に、遊びに適した広場はありますか？」

殿下はしばらく宙を見て考えると、やがて私たちを先導し歩き出した。案内されたのは、王太子宮と本宮を繋ぐ渡り廊下の辺りで、一面に芝生が植えられた広場である。大きなコナラの木があり、葉は美しい山吹色に色づいていた。

また、皆祝祭で忙しいのか辺りに使用人は疎《まば》らで、私たちが大声で遊んでも怒られることはなさそうだ。

「では、私があそこの木の前で数えますから、上手く近づいて下さいませ」

「わ、わかった」

リシャール殿下とラスティを残し、私はコナラの木に向かい目を閉じる。「イリス様が笑った」と叫び振り向くと、遠くで、ぴたっと停止するふたりが見えた。経験者のラスティは、こなれた様子でバランスよく立っている。殿下は無理に体を止めようとするあまり、息も止めてしまっているようで口を真一文字に結んでいた。その様子が愛くるしくて、思わず笑みが零れる。

それを何度か繰り返すと、やがてリシャール殿下も慣れてきた。今までラスティに勝ちを奪われていたが、いい感じに競り合うようになり、ついに勝った。

「よし。勝ったぞ！」

「ふふ。おめでとうございます、殿下」

「負けてしまいました。でも、でんか、すごかったです。おめでとうございますっ」

「う、うむ。いい戦いだったな！　もう一度やるか？」

「はい！」と笑顔で頷くラスティに殿下も微笑み返す。今、彼には気弱な少年の面差しはない。太陽の日差しを全身に浴びて、玉のような汗を流す元気な子どもだ。

ひとしきり遊ぶと、すぐにお昼がやって来た。リシャール殿下は、ランチタイムの時間だと侍従に呼ばれ、部屋に戻る。サンドイッチを持参していた私とラスティは、コナラの木の下でいただくことにした。

「お外でおしょくじ、たのしいです！」

「そうね。お天気もいいし、風も気持ちいいし」

「でも……でんかも、いっしょだったら、もっとおいしいのに……」

「ラスティ……」

悲しそうにサンドイッチを口に入れたラスティの頭を、優しく撫でる。実はそれも視野に入れて、サンドイッチを多めに作っていた。しかし、王太子殿下の口に入るものだ。赤の他人同然の私などが作ったものを勧められるはずがない。王族ならば、当然毒見もいるだろうから。

でも、本当にそれでいいのかと、なにかが問いかけてくる。リシャール殿下はひとり、部屋で食事をしている。忙しい陛下やランベルト殿下もいない中、静かな部屋で……。

思わずリシャール殿下の部屋を見上げると、窓からこちらを見下ろす彼の姿があった。その、悲しげな表情に心を揺さぶられ、私は無意識に手招きをしていた。

それに気づいた殿下は、破顔して姿を消す。きっと、もうすぐ、ここにやってくるだろう。

陛下に怒られるかもしれない。でも、後悔はない。食事とは、なにを食べるかよりも、誰と食べるかのほうが重要だと私は思う。王族だろうがなんだろうが、子どもは幸せで笑っているべき、なのだから。

「グレイス、ラスティ！　私も……ここで、食べてもいいか？」

「もちろんです、殿下」

「でんかといっしょに!?　うれしいです！」

「さあ、こちらにお座り下さいませ。サンドイッチはいかがですか？　木苺のジュースもございますよ？」

ラスティの隣に腰掛けたリシャール殿下は、バスケットの中身を見て、目を白黒させている。

ローストポークとレタスとトマト。ローストチキンとチーズと卵。スモークサーモンとクリームチーズとレタス。どれにしようか、悩んでいるようだ。

「え、と……ラスティが選んでくれ！」

「はい！　では、これと、これと、これ！　ぜんぶです！」

「全部……そんなに食べられるだろうか……」

いかにも小食そうな殿下は、手にたくさん持たされて呆然としている。

「殿下は、いつもどのような食事を召し上がっているのですか？　今朝の朝食はなにを？」

「朝食は食べない」

「え？　召し上がらない？」

「お腹が空かないんだ。いつも。昼食も夕食も本当は食べたくない。でも、皆がうるさく言うから仕方なく食べる」

殿下は口を尖らせた。顔色の悪さは、きちんと朝食を取っていないから、かしら？

でもそれより重要なのは、お腹が空かないという事実。七歳の子どもが、お腹が空かないなんて考えられない。ラスティと同じように、心の奥底になにか問題を抱えているのかも。

「でも、今日は違うんだ。君たちと遊んでから、食欲が出た。ふたりの顔を見ていると、なんていうか……食べたいって思うんだ」

「そうですか……ではたくさんどうぞ。手に持っているもの全部召し上がっても、まだまだあ

りますからね」

「でんか、ぼくときょうそうしますか？　いっぱい食べたほうが、勝ち、で！」

「……ラスティ。それはダメ。ゆっくり噛んで食べるのよ？」

窘《たしな》めると、ラスティは恥ずかしそうに「はい」といい、リシャール殿下は大声で笑った。

彼の笑顔は無邪気な子どもらしく、光り輝いている。この笑顔がどうして曇るようになったのか、その原因が知りたくなってしまった。

「王太子殿下はなにか苦悩を抱えていると、そう言うのだな」

夕食後、ラスティを寝かせてから、私とロズベルグは応接間で話をした。昼間の一件から、私には考えていることがある。だが、相手が王族では勝手は出来ない。自分の思いだけで突っ走っては、アンダルシア家にも迷惑を掛ける。そうしたら、将来アンダルシア家を継ぐラスティにも影響が出てしまう。

だから、ロズベルグの意見を聞きたいと思ったのだ。

「ええ。ですから、もう少し踏み込んでみたいのですが……どう思いますか？」

「なにか考えがあるなら、やってみるといい。ラスティの心を開いた君なら、きっと王太子殿下の悩みも解決出来る」

「そうでしょうか？」

「ああ。で、具体的にどんなことをするつもりだ？」

私はロズベルグに考えを語った。

今日リシャール殿下は遊びで心を開いてくれた。だから、遊びは継続しつつ、他にも友だちを増やしたい。そのために、今王都に来ているだろうリリィや、タウンハウスに来ている貴族の子どもたちを招きたいと。それから、子どもたちと王太子殿下、全員で食事をしたいので王宮の厨房に出入りしたい、とも語った。

そして、その全てを実行出来たとしても、上手くことが運ぶかはわからない、と告げた。

「友だちか……マルティナにはすぐに連絡が取れるから問題ないとして、他の貴族たちにも声を掛ければ喜んで来ると思うぞ。王太子殿下の遊び相手に選ばれるのは名誉なことだ。実際ラスティが呼ばれた時も、周りから羨望の声があがったと聞く。問題は陛下から許しが出るかどうかだが……まあ、それらは全て私が対処しよう」

「え⁉　ロズベルグ様が⁉　よろしいのですか⁉」

「ああ、もちろん。妻の願いを夫が叶えるのは当然だろう？」

「あ……まあ、そう言われると、そうかもしれませんが」

困惑顔の私の前で、ロズベルグは爽やかに微笑んだ。いや、だから、私が言いたいのは、女嫌いで人嫌いの冷血公爵様が、ただの契約妻（使用人）のために貴重な時間を割くなんて変じゃない？ってこと。

でも、これで一番の難題が解決した。貴族の子どもたちを誘うのは、いろいろな伝手《つて》があるロズベルグでないと難しい。どうしてこんなに優しくしてくれるのかはさっぱりわからないけれど、結果がよければ全てよし！だ。

「それから、厨房の件は初日に承諾を得ていただろう？　王宮内の施設はなんでも使っていいとな。だから、思う存分やりたまえ」

「思う存分……ですか。わかりました！　では頑張ります」

答えると、ロズベルグは満足げに微笑み自室に戻った。あとに残された私は、狐につままれたような顔でしばらく呆然としていたが、明日も早いと思い出し、部屋に引き上げた。

翌日、早朝。

私は厨房で昼食の仕込みを始めた。声を掛けた子どもたちが何人来てくれるかはわからないが、念のため多めに準備しておくことにした。

ブラウニーとサラマンド、ノームの力を借り、仕込みを手早く済ませると、最後に、とある妖精を呼び出す。遊びのあとに、子どもたちに振る舞おうと思っているクランベリージュース。これを、一番美味しい状態で飲んでもらうために必要な妖精だ。

「出てきて、ジャック！　雪と氷の妖精ジャックフロスト！」

瞬間、厨房の気温が下がり、寒さ嫌いのサラマンドが退散する。なにもない空間に冷気が集まって、やがて雪の結晶が現れた。ブラウニーとノームは寒さで震え出し、雪の結晶が弾ける。

すると、そこから、真っ白な羽が生えた、ややぽっちゃり型の妖精が登場した。

「やあ、グレイス。今日はなにを凍らせるの？　それとも雪を降らせるの？」

「来てくれてありがとう、ジャック。今回はこのクランベリージュースを凍らせてほしいの」

「おおう！　綺麗な色だねぇ。凍らせたらもっと綺麗になるね！」

「そうね。で、昼食時に飲むようにしたいから……」

そこまで言うと、ジャックはちっちっと指を振る。

「わーかってるって！　昼頃溶けるように調整しておくね」

「さすがね、ありがとう」

「へへっ。僕はこれくらいしか出来ないけど、またなにかあったら気軽に呼んでね！」

「ええ」

ジャックは「えいっ！」と気合を入れてクランベリージュースを凍結させると、一仕事終わったという顔で消えた。

ブラウニーと私は、シシリーが用意してくれたバスケットに食材を詰め、それが終わると朝食の準備に取り掛かる。

朝日がようやく顔を出し、そろそろ、ラスティとロズベルグが起きる時間。

掃除の終わったシシリーと一緒に、食堂に朝食のカトラリーを並べた。

「グレイス！　久しぶり……じゃないわ、ちょっとぶりね！」

王宮に着き、殿下とラスティと一緒に広場で遊んでいると、マルティナが手を振りながら駆けてきた。その隣にはリリィがいて、後ろには数人の子どもたちがいた。だいたいが四歳から六歳くらいで、ラスティや殿下と同じくらいの身長だった。

「マルティナ！　よく来てくれたわ。子どもたちを連れてきてくれたの？」

「ええそうよ。朝早くにロズの手紙が届いてね。事のあらましと、グレイスの手伝いをしてほしいと書いてあったの。それで、王都の貴族のタウンハウスを回って子どもたちを誘ったってわけ。我が子に王太子殿下からのお誘いが来たって、皆飛び上がって喜んでいたわ」

「そうなの？　よかったわ。あなたも忙しかったでしょうに、ごめんなさいね」

「別に？　それに、屋敷を回ったといっても、すでにロズからの手紙が届いていたようだから、私は本当に連れてきただけなの」

すごい……。昨夜「全て私が対処しよう」と言っていたけれど、こんなに手早く進めてしまうなんて。もしかして、彼はとてもやり手なのでは？　人付き合いはダメダメなのに、策を弄して人を動かすことには長けている、とか？

とにかく、助かったと思い、周りを見ると、子どもたちがどうしていいかわからず、きょろきょろしている。いつも親と一緒だから、困惑しているのかもしれないわ。

「ラスティ、リリィ。皆を王太子殿下の前に連れていって？　そこで自己紹介しましょうね」

元気に返事をしたふたりは、子どもたちのところに駆けていき、皆でリシャール殿下の前に行く。女の子はリリィを含めふたり、男の子はラスティを含め五人の計七名が整列する。そして「リシャールでんか、本日はおまねきありがとうございます」というリリィの挨拶を全員が復唱した。

「あ、ああ。み、皆、今日は心行くまで楽しんでいってほしい」

リシャール殿下はしどろもどろながらも、しっかりと答えた。うん、いい感じだわ。他人と関わることで、人は周りに社会があることを知る。彼は、今自分の立場と責任を知ったのだ。

それから、子どもたちの自己紹介が始まり、次の段階に移る。

「じゃあ皆、早速遊びましょう！　殿下、まずなにをなさいますか？」

「え……と、イリス様が笑った、だ」

「はい、かしこまりました」

私とラスティとリリィは、子どもたちに説明をする。最初緊張していた子どもたちは、新しい遊びに胸を躍らせて、もう目を輝かせていた。

マルティナを含む全員で遊んだあと、次に新しい遊びを提案する。

『尻尾取りゲーム』だ。

相手が腰につけている尻尾を取り、多く取った人が勝ちという単純なゲームである。ドレスのため、活発に動き回れない女の子は、尻尾取りゲームを見学しながら、マルティナと一緒に

『あやとり』をしてもらう。毛糸一本で出来る『あやとり』は、簡単かつバリエーションが豊富で、リリィたちに気に入ってもらえると思う。

そして、リシャール殿下や男の子たちには、昨夜あらかじめ用意しておいた尻尾用の長い端切れを渡して、早速ゲーム開始だ。

俊敏なラスティは、間をすいすり抜けて、尻尾を回収していく。殿下が相手だって容赦はしない。あっという間に全員分を集めて勝ち名乗りを上げていた。でも、他の皆だって、次はやすやすと勝たせてくれない。二回戦、あっさり尻尾を取られたラスティは、リリィに慰められる羽目になった。リシャール殿下は俊敏に動くのは苦手なようで、初戦も二回戦も早々に尻尾を取られている。そして三回戦もまた……。

しかし、悔しそうではなかった。それどころか、尻尾を取られたあと、一歩引いて皆を眺め、口の端を上げて微笑んでいた。つまらなさそうに壇上の玉座に座っていた彼じゃなく、どこか、器の大きさを感じる、そんな表情に驚かされた。

「いいぞ、ラスティ。左は手薄だぞ、そこから回り込め！」

「はい、でんか！」

「おい、アンドレ、後ろから狙われているぞ！」

「わかりましたっ、でんか！」

ラスティも子どもたちも、リシャール殿下の声を聞き、上手く相手を避けたり攻撃したりしている。

ああ、そうか、彼は……。

リシャール王太子殿下は、フェリシア陛下とは違う。敵陣に突撃していくタイプではない。だけど、彼は的確に指示出来る目と頭脳を持っている。周りがよく見えている参謀のような人物かもしれない。陛下に伝えたら「王としてはそれではダメ」と言われそうだけど、タイプは違っても、王者としての気質を持ち合わせているのでは、と思った。

背後から殿下を眺めていると、突然彼が踵を返し、どこかに走っていく。行き先を目で追うと、自室に向かったのがわかった。彼はスケッチブックのようなものと鉛筆を持って広場に帰ってきた。

「殿下、それは？」

興味を持って話し掛けると、ちょっと恥ずかしそうに説明してくれた。

「こ、これは、私のスケッチだ。絵を描くのが好きでいつも描いているんだ」

「まあ！　素敵ですね。では、子どもたちの様子をスケッチなさるために、お部屋に取りに行ったのですか？」

「うん。皆の笑顔を描き留めたくなった。この瞬間を」

リシャール殿下はそう言って座り込み、熱心に手を動かし始めた。

「すごいわね、殿下の絵。職業画家でもなかなかここまでの人はいないわよ」

こっそり耳打ちしてきたのは、マルティナだ。背後から見ていた私たちには、殿下の絵がよく見えた。彼は対象を見ながらさらさらと鉛筆を動かし、手元を見ないで形を紡ぐ。黒鉛は濃淡を描き、そこには躍動感溢れる子どもたちの姿が写し取られていく。その出来栄えたるや……。恐ろしいほどの才能を目の当たりにし、私もマルティナも言葉を失った。

「殿下、素晴らしいですわ。陛下もランベルト殿下も褒めて下さるでしょう？」

感動のあまり、リシャール殿下に話し掛けた。しかし彼は、どこか翳《かげ》りのある横顔で語ったのだ。

「……母上と父上は、私が絵を描いていることは知らない。知ったらきっと、絵なんてなんの役にも立たないって言うに決まっている」

「そんなことはありませんよ。こんなに素晴らしいのに……」

「グレイス、ありがとう。でもいいんだ。あ、ほら、ラスティが手を振っているぞ？」

殿下の言葉に思いを残しながら、その視線の先を見る。すると彼の言うとおり、満面の笑みのラスティが千切れるくらい手を振っている。

「でんかー！　おかあさま！　ぼく、勝ちました！」

「よくやったぞ、ラスティ！」

「おめでとう、ラスティ」

見て見てと、手に入れた尻尾を振り回すラスティに、リシャール殿下と私が手を振る。すると、目の端に衛兵の交代が見え、そこでお昼が近いことを知った。殿下の言葉も気になるけれど、今は昼食の支度をしなければ。

「マルティナ、私厨房で昼食の準備をしてくるわ。あとを頼めるかしら？」

「いいわよ。きっとまだ皆尻尾取りゲームをするでしょうし、問題ないわ」

「ありがとう」

マルティナに子どもたちを頼み、厨房へ移動する。王宮の厨房へは、今朝一番に食材と準備物を預けているので、あとは仕上げるだけになっている。

本日の昼食は『ハンバーガー』だ。バンズに焼きたてのパティと野菜やチーズを好きなように挟み、豪快に手掴みでいただく。子どもたちはきっと喜ぶはずだ。

「ああ、グレイス様、そろそろ昼食の支度ですね？」

声を掛けてきたのは王宮料理人のハリソンだ。彼は五人いる料理人の中の一番偉い人で、レストランでいうなら総料理長である。でも、全然偉そうではなく、部外者の私に、設備の使い方を親切に教えてくれた、渋くて素敵なジェントルマンだ。子どもたちの昼食会に、力を貸してくれるとも約束してくれた。

「ええ、ハリソン。始めるわ。まず、持ってきた牛肉のパティを成形して焼いて……」

「成形は済んでおります。言われたとおりに薄い円形に仕上げていますよ」

「え!?　まあ、あ、ありがとう。じゃあ、グラスを人数分出してから、クランベリージュースを注いで、バンズを出して……」

「それも、済んでおります。大体の作業は終わっていますから、グレイス様は仕上げをお願いします」

「は？」と驚いて彼の背後を見た。すると、磨かれたグラスが並べられ、山盛りになったバンズとボウルに入れられたソースが銀製のワゴンに載っている。また、大きなピッチャーに入れられたクランベリージュースも、あとは注ぐだけの状態になっていた。

もう、全て完璧に準備されている。

「ハリソン……なんて手際がいいのでしょう。これならお腹が空いた子どもたちがすぐに食べられるわ。さすが、王宮厨房の料理人たちね」

「お役に立てて光栄です。でも、さすが、などと言わないで下さい。私どもはリシャール殿下が望む食事を作れなかった。ですから、グレイス様の手腕を見て、勉強させてもらおうと考えています。なあ、皆？」

ハリソンの声に、料理人たちが頷く。国一番の台所で働く人たちに褒められて、私の頬は真っ赤になった。

「そ、そ、そんな……私なんてただの料理好きなだけなのに。さ、さあ、子どもたちが待っていいます、パティを一気に焼き上げてしまいましょう」

「ふふっ、はい」

軽く笑ったハリソンは、料理人たちに指示してパティを焼き始める。辺りにいい匂いが立ち込めて、お腹が激しく反応した。

そして、焼き上がったパティと食材をワゴンに載せて広場に移動する。子どもたちはリシャール殿下を囲み、彼のスケッチを見ていたが、匂いに釣られて寄ってきた。

「わあ！　これなあに？」

リリィが私に聞いてくる。

「ハンバーガーって言うのよ？　自分で好きな物を挟んで食べるの。面白そうでしょ？」

「おもしろそう！　ね、みんな！」

「うんっ！　それにすごくいいにおいがするよ？」

「はやく作りたいね！」

リリィの問い掛けに、子どもたちは口々に声をあげる。

唯一食べ方を知っているラスティは、そんな皆の反応を楽しそうに眺めていた。普通小さな子どもなら、「ぼくは知っているけどね！」と、マウントを取りたがると思う。でも、ラスティは違う。たぶん、ハンバーガーを初めて食べた時の驚きと感動を、皆にも味わってほしいと思ったのだろう。

「さあ皆、遊んだあとは手を洗ってね。そうしたら、美味しいジュースを飲みましょう」

ジュースと聞いて、目を輝かせた子どもたちは、近くの水場に向かうと駆け足で帰ってきた。

戻ってきた子どもたちに、マルティナがグラスを渡し、そのグラスに私がクランベリージュースを注いでいく。朝凍っていたクランベリージュースは、今はほどよく溶けて飲み頃だ。運動後の冷えたジュースはきっとすごく美味しいと思う。

その読み通り、ジュースを飲んだ子どもたちは、全員が「美味しい！」と連呼した。

ジュースのあとは、ハンバーガーだ。子どもたちをワゴンの前に誘導し、まずは私とラスティが作り方のお手本を見せる。

バンズを手にし、間にパティを挟み、レタスとトマトも好きなだけ入れ込む。ソースはお好みで、デミグラスソースとトマトソース、なめらかチーズソースを用意している。私はトマトソース、ラスティはチーズソースを選びパティにかけると……ハンバーガーの完成だ。

「さあ、殿下。やってみて下さい」

「う、うん」

リシャール殿下は、慣れない手つきでバンズを取り、丁寧に食材を挟み込んでいく。パティとレタスとトマト、そして、デミグラスソース。零れないようにするのが難しいようだけど、なんとか挟み込んで形になった。

「出来た……これで、いいのだろう？　ラスティ？」

「はい！　でんかのハンバーガーはとってもおいしそうですね！」

「そうか？　ラスティのも美味しそうだぞ。自分で作ると楽しいな」

リシャール殿下は呟き、後ろに並ぶ子どもたちに道を譲る。子どもたちは、楽しそうに自分流のハンバーガーを作り歓声をあげた。食材は同じであるのに、それぞれに個性が出ていて、見ているこちらも幸せになれた。

「はい、皆、ハンバーガー作りましたね。では、殿下、僭越《せんえつ》ながら私が、食前のお祈りの言葉を唱えてもよろしいでしょうか？」

「うん、いいぞ」

いつもの祈りの言葉を唱えると、子どもたちが復唱する。

そうして、昼食が始まった。普段、リシャール殿下を始め貴族の子どもたちは、きちんとナイフとフォークを使って食事をする。それは、必要なマナーとして教え込まれるのだ。だからか、最初は手掴みでかぶりつくハンバーガーに躊躇していた。でも、ラスティやリリィが豪快にかぶりつくのを見てからは、ためらいと恥じらいを捨てたようだ。

ばくばくとハンバーガーを食べ進める子どもたちは、美味しい！と、すごい！を繰り返している。たった二言……されどその二言は、至上の褒め言葉である。

「グレイス、ちょっと、持っていてくれるか？」

「あ、はい」

リシャール殿下は半分だけ食べたハンバーガーを私に手渡すと、スケッチを始める。彼は、夢中でハンバーガーを頬張る子どもたちを描いていた。眺めているとやはり殿下は天才なのではないか、と思えてきた。子どもたちの表情は生き生きとし、まるで心までも写し取ったかのような出来栄え。世に披露すれば、称賛されること間違いなし。そうなれば、強さ至上主義の陛下だって、少しは考えを改めるかもしれない、なんて、大それたことを考えてしまうほどに。

「ありがとう、グレイス」

「は、はい、どうぞ」

描き終えたリシャール殿下が手を伸ばしてハンバーガーを要求する。食事の続きをするのだ。

「うん。これ……ハンバーガーといったな。美味しくて楽しい料理だ。たまに王宮でも食べたいと思う」

「お気に召されましたか？　では厨房のハリソンに頼んではいかがでしょう？　ハンバーガーのレシピを渡しておきますので、きっと同じものを出してくれると思います」

「……そうだな。うん、頼んでみよう」

私は遠くでこちらを窺っているハリソンたち料理人を見た。彼らは何故か、裏門に立つ衛兵たちを見て硬い表情をしている。衛兵が苦手なのかしら？と、その時は特に考えもしなかったが、それから後、私は驚くべき理由を知ることになるのだ。

（ロズベルグサイド）

「朝から大忙しのようだったね。もう落ち着いたかな？」

声を掛けてきたのはシーカーだ。研究所に出所してから、自室で何通も手紙を書き、それを手の空いている所員に頼んでいる姿を見られていたらしい。

「ああ。ようやく仕事に戻れそうだ」

「ふふふ。誰のためか、なんのためだか知らないけど、君が必死になる姿は久しぶりに見たよ。とても新鮮だね」

「ふん。それよりも……昨日の続きだが」

「うん。アレイシア・ハーネットの件だね」

シーカーは私の机の対面に、手近な椅子を持ってきて座る。

少し前、アンダルシア領の屋敷に届けられた一通の手紙。それは、ギフト研究所のシーカーからのものだった。手紙には、グレイスの異母妹アレイシア・ハーネットの近況が書かれており、私はその内容に驚いた。

アレイシア・ハーネットが『癒しの風』の力を失くしたというのだ。詳細を知るために即座に王都に行こうとしたが、ちょうどその頃、グレイスが熱を出した。心配でアンダルシア領を動けずにいたが、王都に来るとシーカーが現況を教えてくれた。

彼によると、ギフトを失ったハーネット親子は、今まで『癒しの風』により得ていた報酬がゼロになり、生活が一気に困窮したという。しかも、たちの悪い金貸しどもに借金があったらしく、収入が無くなってその借金が返せなくなったため、追われる身になったとか。

ひとつの検証として、ハーネット親子の愚行を野放しにしていた。アレイシアのギフトが人を傷つけるものであったら止めたが、幸いにもそうではなかったため許可したのだ。ギフトを悪用すればどうなるか……その結果は明らかになった。神に見放されギフトを失うのだ。

しかし、今度は別の問題をシーカーが指摘した。

「調査員はまだ、アレイシアと伯爵の行方を掴んでいないのだな？」

「うん。隠れているんじゃないかな。ふらふら出歩くとバレて金貸しに捕まるからね。まあ、大人しく隠れていてくれるならいいよ。怖いのは、君の奥方に害が及ぶことだ」

「ああ。金の亡者のような父親だ。グレイスが公爵夫人になっていると知ったら、たかるために接触を図るかもしれない。彼女が悲しんだり、辛い思いをしたりするのは避けたいのだが……」

ハーネット親子はグレイスを虐《しいた》げてきた。だから、彼女は祖母に引き取られたのだ。祖母が見かねて引き取るほどの状態だ。どれほど、傷ついていたのか……。それを思うと心が痛む。自分が赤の他人にそんな感情を抱くなんて思ってもみなかった。

グレイスに結婚を申し込んだ時は、彼女の考えなどどうでもよかった。だが、グレイスという人間を知ってしまった私の心は、生まれて初めて、愛しいと思う気持ちで溢れている。

「とにかく、調査員たちにはハーネット親子の捜索を継続するように指示を……どうした、シーカー？　変な顔をして……」

「あのさ……」

「なんだ？」

「君、本当にロズベルグかい⁉　アンダルシア領に戻る前とは別人のようだ。やたらと顔色がいいし、向こうでなにかあったの？　たとえば中身を魔物と入れ替えられたとか？　あ、それなら、今温厚なのはおかしいか。前のロズのほうがよっぽど冷酷で魔物に近かったし……あ、え？　ちょっと、ちょっと待って、怒らないでよ。じょ、冗談じゃないか、ロ、ロズ⁉」

私は立ちあがり、じりじりとシーカーに近づいた。馬鹿なことを言い出した友人を、少し脅かしてやろうと思ったのだ。シーカーは飛び上がりつつ椅子から離れると、こちらを凝視しながらあとずさる。追いつめられたシーカーは、踵をカーペットに引っ掛け、派手に転び、背中を開かずの金庫に打ち付けた。カチッ……と、どこかでなにかが鳴った。

「いてっ！」

「大丈夫か？　悪い、ちょっとふざけすぎ……ん、おいっ！」

シーカーに差し伸べた手を止め、私は彼の背後に目を向ける。そこには金庫があるのだが、扉が少し開いていたのだ。私の驚く声に、シーカーはいたたと背中を押さえながら振り返る。そして、絶叫した。

「嘘だろ⁉　あんなに開けようと頑張ったのにこんなにあっさり⁉　……ああ、なるほど。扉は引くんじゃなくて、一度押して開ける仕様だったようだね」

「あれは扉が開いた音だったのか……どれ、中にはなにが入っているのだ？」

私とシーカーは金庫を覗き込んだ。金庫の中には鮮やかな青色の紙で包まれた小箱と、その上に載せられた手紙、あとは何冊かの資料が入れられていた。他にはなにもない。

「これは……」

小箱を取り出し、手紙の宛名を確かめて、私はシーカーと顔を見合わせた。


次の日も、リシャール殿下と子どもたちの交流は続いた。新しい遊びをしたり、大きな声で歌を歌ったり、殿下の指導のもと、全員で絵を描いたり。

二日目のお昼は、アンダルシア領の地産料理となった『桃色魚のスモークピザ』を振る舞う。また、収穫祭で大好評だったポップコーンも出した。桃色魚は、王都に来る前にワグナーから分けてもらっていたものだ。こちらでも、食べたくなったら作ろうと用意していたのだが、思わぬところで役に立った。ピザとポップコーンに子どもたちは大喜びし、余るくらい作ったものは、ものの数分でなくなってしまった。

そして、三日目。

連日遊びに来ていた貴族の子どもたちは、親に追随して全員が帰郷した。マルティナとリリィもだ。式典の祭も終わりに近づき、王都で行われていた様々なイベントも規模を縮小している。登城し陛下にお祝いを述べ、王都観光と祭を楽しんだ貴族たちがタウンハウスに残っている理由はないのだ。

子どもたちの歓声がしなくなった王太子宮広場には、ざあざあと雨が降っている。季節の変わり目であるこの時期は、王都では雨が降る日が多いらしい。

私とラスティは、リシャール殿下の部屋でテーブルを囲んでいた。雨なので、体を動かす遊びは止めて、カードゲームをすることにしたのである。今日は殿下と遊べる最終日だというのに、広場に行けないなんて本当に残念。でも、ラスティもリシャール殿下も楽しそうだ。

「なるほど。よく出来ているな。四種類のマークが十三枚ずつに万能のワイルドカードが二枚。計五十四枚のカードでこれほどいろんな遊びが出来るとは」

リシャール殿下はカードゲーム……というかカード自体に興味があるのか、穴の開くほど見つめている。そんなに見つめられると、粗い部分が露《あらわ》になるからやめてほしい。厚紙で作ったが、マークも数字も手書き、絵札もないので華やかさもない。

自分が絵札を描こうかと思ったけれど、一枚だけ描いてやめた。キングを描いたつもりなのに、ヒキガエルですか？とシシリーに言われたからだ。彼女に悪気がないことはわかっている。でも、少しは人の気持ちを考えて？と内心、悪態をついていた。

そんな悲劇を思い出しながら、リシャール殿下に返答する。

「ええ。面白いでしょう？　もっともっと遊びがあるのですよ？　今日ご紹介したのは、ほんの一部。遊ぶ人数によっても変わりますからね」

「気に入った。私もこれが欲しいのだが、作り方を教えてくれないか？」

「紙を切るだけで出来ますわ。あ、そうだわ。殿下ほどの絵心があれば、絵札も美しく描けるかもしれません」

「絵札？」

「はい。一から十三まで同じカードでは、つまらないと思いませんか？　私が思うに、何枚かに絵を描いたカードを入れてもいいと思うのです」

リシャール殿下は手元のカードを一枚ずつ捲っている。

「うん、確かに絵札が入れば華やかになるかもしれないね。でも、どのカードを絵札にしたらいい？」

「十一から十三までなんてどうでしょうか？　十を超えると、カードに書かれたマークが多くなり判別するのが難しくなりますよね？　だから小さい子にもすぐに数字がわかるように」

通常のトランプカードも、ジャックとクイーンとキングのカードは絵札であり、それぞれにモチーフとなった英雄がいる。国により違いはあるかもしれないが、少なくとも私が知っているトランプカードはそうだった。

「そうか、うん。そのほうがわかりやすいな。問題はなにを描けばいいか、だが」

「私個人の意見を申し上げれば、リシャール殿下とランベルト殿下、フェリシア陛下のお姿なんていかがでしょう？」

「……王家の？　私たちの、か？」

「はい！　今年は女王陛下即位十周年ですし、殿下が絵をお描きになって陛下にお祝いと称して差し上げる、とか……きっと、喜ばれると思いますよ」

　予期しない提案だったのか、リシャール殿下はポカンとした。私も絵柄の話になるまでは、この提案を思いつきもしなかった。だけど、陛下もランベルト殿下も、この素晴らしい絵を知らない。それは大きな間違いだと考えたのだ。

「殿下の絵はとても素晴らしいです。なんの役にも立たないなんて、そんなことは絶対にありません」

「しかし……」

「わかります。否定されるのが怖いのですね。だけど、殿下の絵を見れば……誰も否定しません。私がお約束します」

「グレイス……わかった。描いてみようと思う」

　劣等感を振り切る、決意に満ちた殿下の瞳。それは、弱々しいものではなく、英雄や騎士の如く、揺るぎない信念に輝いていた。

　侍従に高級な厚紙を持ってきてもらい、私とラスティはカードを作る。

　その間リシャール殿下は、スケッチブックにデッサンを描いていた。陛下の顔の正面や横顔、ランベルト殿下も同様に、いろんな角度から描いている。

カードが仕上がり、私とラスティは殿下の様子を窺った。彼の集中力は凄まじく、声を掛けるのを躊躇った私たちは、部屋の外にいた侍従に退出を伝えると、そっとその場を去った。


次の日、私たちアンダルシア公爵家一同は、王宮謁見室に向かっていた。

この数日間、リシャール殿下と過ごし、交流した件について、陛下から直々にお言葉をいただけるらしい。カードの絵札作成はどこまで進んだだろう。次に会う時には見せてもらえるだろうか、などと考えながら謁見室に入る。すると、驚くべきことが起こった。

「おお、グレイス！」

大きな声で叫び、玉座から走って来たのは陛下である。陛下は、真っ直ぐこちらに向かい、私の目の前に来ると、なんとぎゅっと抱き締めてきたのだ。ロズベルグもラスティも目を見開き、玉座のランベルト殿下とリシャール殿下は肩を揺らして笑っている。

私は、といえば、陛下ご自慢の剛力で締め上げられ、窒息寸前である。

「へ、陛下っ、く、苦し……」

「ん？　おお、悪かったな。嬉しくてつい」

「……っは！　う、嬉しくて？　とは？」

「リシャールがな、私に贈り物をくれたのだ！」

胸を押さえながら、息を整える。それから、落ち着いて陛下の言葉の意味を考えた。

思い当たるとすればひとつだけ、カードの件だ。

「さあ、こちらへこい。話したいことがたくさんあるのだ」

陛下に引き摺られるように玉座へと向かうと、ランベルト殿下とリシャール殿下の近くに、大柄な青年が立っていた。エキゾチックな顔立ちの青年は、艶やかで長い黒髪を後ろで束ねている。身につけている貴金属はどれも高価なものに見えた。

でも、明らかに貴族ではない雰囲気が漂っている。

「さて、グレイス」

玉座に座り直した陛下は、アームレストに置かれたあるものをこちらに手渡した。

それは、昨日私とラスティが作ったカード、その完成版のようだ。

「これを今朝、リシャールがくれたのだ。見てくれ、美しいだろう？」

「まあ……すごい。とても素敵。本当に美しいですわ」

なんの変哲もなかった厚紙のカードは、とんでもなく見事な仕上がりになっていた。表面はノースランド国章を模したデザインがカード全てに施されている。数字とマークの面も、私が作ったカードとは比べ物にならないくらい完璧なクオリティ。ジョーカーにあたるワイルドカードには、舌をぺろっと出したクラウン（道化師）が描かれていて遊び心を擽る。絵札は陛下とランベルト殿下、リシャール殿下の三人が抽象的に、かつ、面影を残したまま、上手く絵柄に落とし込まれていた。

たった一晩で、こんなに完璧に仕上げるなんて……。やはり、彼は絵の天才だ。

「でんかの絵、うつくしいです……」

「まさか、これほどとは……」

ラスティとロズベルグも絶賛する。

「そうだろう？　十周年の祝いにこんな見事なカードをもらえるなんて、嬉しすぎて涙が出たよ。そして、自分を恥じた。強さに固執し、強さにしか価値を見出せず、我が子を追いつめるような言動をしていた」

「陛下……」

「だが、グレイス。君がリシャールの才能を見抜き、リシャールに自信を与えてくれたことで、目が覚めた。本当にありがとう」

「いいえ。そんな畏《おそ》れ多い……」

「謙遜するな。それに、どうやらリシャールには、心強い仲間も出来たらしい。実は衛兵に紛《まぎ》れて、広場での様子をこっそり観察させてもらっていたのだが……おいおい、そんな顔をするなよ。隠れて見ていたのは悪いと思っているのだ」

私がどういう顔をしていたのかは、言うまでもない。ハリソンたち料理人の表情が強張っていたのは、衛兵の中に陛下を見つけたからだ。まあ、リシャール殿下を心配する親心はわかるけど、隠れて見なくても……ねえ？

「こほん。それでな、リシャールはラスティを始め、多くの子どもたちから慕われていた。彼らをよく見て、彼らにアドバイスをしていたな。その時、私には見えた。次世代では、広場にいた子どもたちが王となったリシャールを支えてくれる未来がね」

「ええ。陛下。私もそのように感じました」

「ああ、だから、前言は撤回するよ。散々リシャールが王に向いていないと言ったが、間違いだ。必ずしも戦闘力が高い者が王の資質を持つわけじゃない。リシャールにはずば抜けた観察眼がある。そして、周りに愛される力も」

「素敵な絵を描く才能も、ですね？」

　そう言うと、陛下は花のように笑い、リシャール殿下とランベルト殿下を手招きした。

　リシャール殿下は私とラスティに弾ける笑みを返し、ランベルト殿下はロズベルグと私に握手を求めてきた。陛下はそんな彼らを温かく見つめ、誇らしく豪快に笑ったのだ。

「えーと、陛下、そろそろオレを紹介してもらえますか？」

　と言ったのは、あのエキゾチックな男性だ。

「あー、悪い、エルネス。忘れていたよ」

「いいえ。とても感動的な場面でしたので、気にしていません、本当ですよ？」

「ふふっ、ではロズたちに紹介しよう。こちらはエルネス・スタン。スタン商会の会長であり新聞社の社長、多岐に渡る事業展開をしている大商人だ。また、私と同じく職人たちや発明家の支援もしている」

大商人？　あ、そうか。彼が製紙事業や活版印刷業を推進している人なのね。紹介されたエルネスは、恭しくお辞儀をすると、歩み寄って私を覗き込んだ。

「お会い出来て光栄です。アンダルシア公爵家の皆様、特に公爵夫人グレイス様」

「え？　ええ、初めまして。スタンさん」

「そんな他人行儀な。エルネスと呼んで下さい。どうか、親しみを込めて、ね」

ち、近い、近いわ。初めまして、にはとても思えない距離にちょっと慄《おのの》く。商人って、こんな風に強引に距離を詰める生き物⁉　なんて思っていると、私とエルネスの間に、ロズベルグが割り込んだ。どうしてかはわからないけれど、激しくエルネスを睨んでいるような？

「おいおい、やめろよ。私の目の前で殴り合いをする気か？　ほら、ロズもエルネスも一歩下がれ。まず話の続きだ。商人のエルネスを呼んだのは、このリシャールの描いたカードを世に出せないかと相談していたからだよ」

「世に出す、とは商用化するということですか？」

「そうだ、グレイス。リシャールに聞いたが、このカードには様々な遊び方があるらしいな？大人も子どもも家族で楽しめるなんて最高じゃないか。それならば、私の十周年記念品として大量生産し、売り出したらよいのでは、と考えたのだ」

「陛下の真の目的は、王太子殿下の絵を国民に見せ、自慢することですけどね」

飄々《ひょうひょう》と言うエルネスを陛下が軽く睨む。しかし、すぐに肩を竦めて笑うと、私に言ったのだ。

「カードの商用化にあたり、発案料として売り上げの五パーセントをグレイスに渡したい。また、私からも特別な褒美を与えようと思う」

「ええっ⁉　そ、そんな」

「少ないか？　ならもうちょっと上げて……」

「いいえ、そうではなく、お金はいただけません」

そう、お金なんていらない。行動に対価を求めるなんて、シスターを目指している者として失格だ。しかし、陛下は困ったような顔をしている……ど、どうしたら……。

「グレイス。陛下のご好意だ、いただいておこう」

変な空気を変えたのは、ロズベルグだ。彼は私を見つめ言葉を続けた。

「君の清廉高潔な気質は素晴らしいと思う。だが、発案料は当然の権利だ。君自身が使わないというのなら、寄付をしたらどうだろう？　世界中の貧しい人たちのために」

「ロズベルグ様……なんといい案でしょう」

彼の言うとおりだ。どうしてその考えに思い至らなかったのか、自身の浅慮《せんりょ》に泣けてくる。

「話は纏まったかな？」

「はい、陛下。謹《つつし》んでお受けしたいと思います！」

「よし！　ということだ、エルネス。商会自慢の技術で早く美しく仕上げてくれよ」

「相変わらず簡単に仰いますね。うちの技師たちも暇ではないのですが……まあ、多額の出資をして下さる陛下のためですから、ひと肌脱ぎましょう」

エルネスは私に、にっこりと笑う。

「そういえば、地産料理グランプリで大賞に輝いた料理も、あなたの発案だと聞きましたよ。まさにオールマイティな女性ですね。本当に興味深い」

「ありがとう、でも受賞は皆の力ですから」

地産料理グランプリは、昨日大賞が決まり幕を閉じた。見事大賞を勝ち取った桃色魚のスモークピザは、連日予想を遥かに上回る売れ行きだったそうだ。

「おやおや、なんと慎ましい方だ。ますます興味深い」

「あ、いえ、別に慎ましくなどありませんっ、が⁉」

エルネスが微笑みながら距離を詰めるので、私は思わず仰《の》け反《ぞ》った。

だから、近い、近いってば！　ラテン系なの⁉　情熱の塊なの⁉　前世奥ゆかしい日本人には、耐えられない距離よ⁉

「そこまでにしてもらおう。妻に近づかないでくれたまえ」

ロズベルグが再びエルネスと私の間に割り込む。さっきは無言で睨むだけだったが、今度は怒気を孕《はら》んだ言葉付き。エルネスの熱視線を遮ってくれたのはありがたいけれど、今にも喧嘩が勃発しそうな状況に冷や冷やする。

「おお、申し訳ありません。しかし、魅力的な女性を口説くのは礼儀のようなものでして」

「どこの国の礼儀だ？」

「やめろ。本気で怒るぞ」

陛下が凄んで見せたので、両者とも引き下がった。

不敵に笑うエルネス、それを睨みつけるロズベルグ。彼らを交互に見て、陛下は大きくため息を吐いた。

「ロズ、君たちも明日帰るのか？」

「え？　ええ、陛下。一応その予定です」

「そうか。グレイスとラスティとはもっと話したかったのだが……カードが出来上がったらまた来てくれないか？　いろいろ世話になった君たちには、私たちの手から直接渡したいのだ。どうかな？」

陛下の問いに、ロズベルグは一度こちらを振り向いた。私の意向を窺っているのかしら？

それならもちろんオッケーだ。完成したカードも見たいし、豪快な陛下とも穏やかなランベルト殿下とも話し足りない。そしてなにより、リシャール殿下とラスティが仲良く遊ぶ様子を眺める幸せをもう一度味わいたいから。

私は力強く頷いた。

「陛下、ではまた近々王都に参ります」

「ああ、待っているぞ。そうだ、リシャール、ラスティとグレイスに渡すものがあるのだろう？」

「はい」

リシャール殿下はその手に二枚の紙を持ち、立ち上がりこちらにやって来た。そして、その紙を私とラスティに手渡す。紙に描かれたものを見て、私たちは感極まった。

「これは……私……」

「ぼく……？」

尻尾取りゲームで勝者になって喜ぶラスティと、子どもたちにハンバーガーの食べ方を指南する私。生き生きとしたふたりが、今にも動き出しそうに描かれていた。

「こんな素敵なものを……ありがとうございます。殿下。大切にします」

「ありがとうございますっ、でんか。とっても、うれしいです」

「礼を言うのは私だ。グレイスとラスティがいなければ、こんな幸せは訪れなかったと思う。だから……また、一緒に遊ぼう」

「はいっ」

ラスティは大きく返事をし、私もしっかりと頷いた。

第六章　愛すべき私の家族

アンダルシア領に戻ってからしばらくして、王都から使者が訪れた。

もちろん、カードが出来上がったという報告である。そろそろひと月の休暇が明けるロズベルグとともに、ラスティと私も再び王都にやって来た。

謁見室にて、陛下からカードを賜《たまわ》ったロズベルグは、それを私に手渡した。カードは木細工の小さな箱に入っていて、表面に銀色の文字が刻まれている。文字はどうやらカードの名称のようだけど……え？　これ……。

「陛下、このカードの名前は……」

「そう。『グレイスカード』だ。名前を決めるにあたって、リシャールやランベルトの意見も聞いたのだが、ふたりとも同じようにグレイスの名前にしようと言ったのだ。あ、勝手に名前を使ったこと、怒っているのか？」

「え!?　と、とんでもございません。逆なのです。十周年記念の品の名前に、私の名などを……」

「いや、この名がいいのだ。私たちの心を繋いでくれた君の名が、カードの名前として残るなんて最高だろ？　だから、気にしないでくれ。そんなことより、中を見てくれないか？」

そんなこと……ではない。けれど、陛下の笑顔が『早く開けろ』と圧をかけてくるので、素直に従った。

「まあ……なんて美しい」

中のカードは、上質紙であるからか滑りがよく、一枚一枚がくっつくことがない。光沢も素晴らしい。マークと数字の発色も綺麗で唸るような仕上がりだ。でも、なにより素晴らしいのはリシャール殿下の絵札だった。手作りカードの時の絵は黒の単一色だったが、鮮やかな色が入ることにより、美麗さが増している。隣で覗いていたラスティとロズベルグも感嘆の声をあげた。

「わあ！　すごいです！」

「ああ、素晴らしい。芸術品のようだ」

「ははは。そうだろう？　実は先行販売した分はもう完売でね。評判が良すぎて、増産をしたのだよ。エルネスも嬉しい悲鳴をあげている」

陛下は満足げに笑う。こんな美しいカードなら、きっと皆欲しくなるだろう。庶民の懐事情と式典の記念品ということも考慮して、価格は抑えめにしていると聞いた。だから、貴族のみならず一般庶民も無理なく手に入れられたのね。

でも、地方の庶民はどうかしら。王都と違って物流が滞るため、貧しい地域が多い。エバンス教会近くの町も、王都から流行りの品物が入ってくることなどなかった。王都と辺境地方の格差は確実に存在している。でも、それをどう解消していくかは悩むところよね。案はあるけれど、私からそれを陛下に進言するなど畏れ多くて……。

「陛下、畏れながらご提案をさせていただいてもよろしいですか？」

迷っていると、ロズベルグが声をあげた。

「ん？　なんだ？　言ってみろ」

「ありがとうございます。王都近隣以外の地域には、未だに流通の格差がございます。この素晴らしい出来栄えのカードも辺境に届くのは数か月後、下手をすると届かない可能性もありますですから、スタン商会の力を借りて、中継点に仮店舗など置いてみてはいかがでしょうか？　王都からの流行りの品などは、希少ですし人気が出ると思うのです。陛下もノースランドの隅々までカードを普及させたいでしょう？」

「おお、ロズ！　いいアイデアじゃないか！　検討の余地はあるな」

陛下は感心した風に言った。そして、その話を隣で聞いていた私は、目玉が飛び出るくらい驚いた。だって……私の懸念と考えをそのままロズベルグが言葉にしたのですもの。もしかして、心が読めるギフトでも持っているのかしら？

「早速エルネスを王宮に呼ぼう。それで、今日グレイスとラスティは時間があるのかな？　よければグレイスカードで一緒に遊ばないか？　私もランベルトも午前は時間が空いているのでね。いいかな？」

陛下に問われ、私はロズベルグを見た。このあと予定があるとは聞いていないが、勝手に返事をすることは出来ない。すると彼は、肩を竦めて陛下を見たのち、こちらを振り向いて頷いた。

その後、急用でギフト研究所に向かったロズベルグを除いた五人で、楽しくカードゲームで遊んだ。ゲームの最中、陛下は、自身の考えた新しい試みについて話してくれた。

定期的に貴族の子どもたちを王宮に招き、リシャール殿下と遊んだり、話をしたりという機会を作るそうだ。これには次世代のノースランドの未来を担うリシャール殿下と、彼を支える子どもたちとの、絆を深めるという意図がある。この国の貴族の子どもたちは、十歳で全寮制の学校への入学が定められているが、それ以前にお互いを知ることによって、もっと良好な関係を築けるのではというのが陛下の考えのようだ。

「ラスティが参加する時には、ぜひグレイスも一緒に」という嬉しい言葉をいただき、私はほくほくで頷いた。

可愛い天使たちの姿を、間近で見られるなんて、こんな幸せがあるだろうか、いいや、ない！

歓喜に打ち震えながら、私はラスティとともにアンダルシア家のタウンハウスに戻ってきた。

「おかえり」

「あ、ただいま戻りました。先に帰っていらしたのですね、ロズベルグ様」

　タウンハウスの応接間に入ると、ロズベルグが新聞を片手に座っていた。あら？　なんだか表情が硬い気がする。急用で研究所のほうに呼ばれていたから、仕事でなにか、問題でも起こったのかもしれないわ。

「今日は報告を受けただけだからな。それよりも、ちょっと話があるのだが」

「私に、ですか？」

「そうだ」

「は、はあ。ではラスティ、シシリーを探して一緒にいてくれる？」

　はあいと駆け出したラスティは「シシリー！　どこー？」と叫びながら去っていった。その背中を見送ってから、私はロズベルグの対面に腰掛けた。

「なんでしょうか？」

「うん。そろそろ私の休暇も終わる。忙しくなる前に、エバンス教会に寄りたいと考えているのだ」

「え……？　ま、まあ……教会に？　それは私とラスティも一緒に、ですか？」

「当然だ。私は多額の寄付を教会にしているだろう。しかし、金だけを渡してそれきりでは、なんというか……無責任だと思う。だから、定期的に様子を見にいくべきだと考えたのだ」

　ロズベルグは一言一言、言葉を選びながら言った。慎重に丁寧に話す様子は、心からそう思っているように感じた。

だが！　出会った頃のロズベルグの非情さを知っている私は、なにか裏があるのかと警戒してしまう。警戒するあまり、ジト目で凝視してしまった。

一秒、二秒、三秒と時が過ぎ、とうとう耐えられなくなったロズベルグは早口で捲し立てた。

「ほ、本心だぞ？　ほら、これをエバンス教会の子どもたちに渡すために買ってきておいた」

ロズベルグはズボンのポケットからなにかを取り出しテーブルに置いた。それは、新品のグレイスカードだった。陛下にもらったのだろうか、と考えたが、よく見ると値札のようなものがついている。王都のどこかの店で買ったものなのだろう。

「これを、子どもたちに……？　ああ、そうでしたか。疑ってしまって申し訳ありません」

「いや、わかってくれたなら結構。では、アンダルシア領に戻る前にエバンス教会に行こう。そのつもりで準備を頼む。ラスティにも伝えておいてくれ」

「ええ。畏まりました」

頷いて返すと、ロズベルグはほっとしたように立ち上がり部屋をあとにした。

教会に……行ける……。なんて嬉しいことでしょう！　シスタークレメンスやトムたちには、数年は会えないだろうと思っていた。なのに、こんなに早く会えるなんて。ラスティがトムたちと出会い、仲良くなって遊ぶだなんて本当に素敵。

座ってにやけていると、ラスティとシシリーが応接間にやって来た。

「おかあさま！　どうしたのですか？　すごくうれしそうです」

「ふふふ。そうなの。とっても嬉しいことがあったのよ。ラスティにも教えてあげるわ」

私は、きょとんと首を傾げるラスティを膝に乗せ「また新しいお友だちが出来るのよ」と語った。


（アレイシアサイド）


ハーネット領から王都に逃げて二週間。王都の外れにある無人の水車小屋に身を潜め、金貸しから隠れる生活は続いている。人の少ない辺境よりは、王都のほうが見つかる可能性は低い。幸いにも女王陛下就任十周年の祝祭があったので、かなりの人出があり、わたしや父を気に留める者は誰ひとりいなかった。

出来るだけ外出はしたくないのだが、潜伏中でも食事は必要不可欠。二日に一度は買い出しに行かなくてはならず、わたしは町の中にいた。金貸しから借りたままのお金が少し残っていたので、ひもじい思いをすることはない。だが、隠れ住む生活は窮屈で、わたしのストレスはピークを迎えつつあった。

ああ、ギフトが消えなかったら、こんなことにはならなかった。『癒しの風』を使ってもっと大儲けするはずだったのに、とんだ誤算だわ。でも、ギフトはきっとまた戻る。こんな生活は今だけよ。だって、わたしは皆に必要とされる選ばれた民、なのだもの。

そんなことを考えながら、祭のあとの町を隠れるようにすり抜けていく。小さなパン屋で、残り物のパンを購入して帰ろうとすると、向かいの店に人だかりが見えた。なにかと思い、様子を窺うと、全員店頭に積まれた小さな木箱を手にしている。客の会話を聞くと、それはグレイスカードというもので、アンダルシア公爵夫人発案の、遊びに使うカードらしい。王太子殿下がカードのデザインを手がけていて、とても素晴らしい仕上がりなのだとか……。

ふうん、わたしには関係ないわね。そう思い帰ろうとした時、店の前にいたふたり連れの若い令嬢の会話が聞こえてきた。

「グレイス・アンダルシア公爵夫人ってどんな方なのかしら？　噂によると、才能に溢れ、慈愛に満ちた人格者らしいけれど。社交界にもいらっしゃらなかったし、舞踏会で出会ったこともないのよね」

「私もよ。でも、お父様が聞いてきた話によるとね、辺境のハーネット伯爵家の出みたい」

「ハーネット？　そんな家あったかしら？」

「調べてみたら、ここからずーっと南、サウスフィールドの国境に近い小さな領の領主のようよ」

知った名前が出てきて、思わず足を止める。

グレイス、グレイスですって？　まさか、あの愚鈍なお姉様の話じゃないでしょうね。お姉様はエバンス教会でシスター見習いをしていると聞いたわ。それが、公爵夫人？　そんなの、あり得ない。わたしは詳しい話を聞くために、彼女たちの死角に移動してそっと耳を欹《そばだ》てた。

「それでね、ここからがときめく話なのよ！　アンダルシア公爵はね、グレイス様に求婚するため、わざわざハーネット領まで行ったそうよ。どうしても、グレイス様がよかったのですって！」

「まあ、なんて素敵なお話なのかしら！　アンダルシア公爵って美男子だけど女性嫌いで有名よね？　そんな殿方を夢中にさせるなんて、やっぱりアンダルシア公爵夫人って、神イリスに選ばれた稀有な方なのだわ」

「お会いしたいわね……」

「憧れるわねえ……」

令嬢たちは夢見る表情でため息を溢した。

わたしはそっとその場を離れ、彼女たちの話を頭の中で整理する。しかし、どう考えてみても、凡庸で地味なお姉様のことを言っているとは思えなかった。ギフトを与えられたこのわたしではなく、お姉様が称賛されるはずはない。そうよ……なにかの間違い、人違い……。

安心し歩き出した私の足元に、風に吹かれた紙が一枚纏わりついた。手に取ると、それは新聞だった。王都で唯一の新聞社が発行している新聞は、庶民や貴族の情報源となっているとか。纏わりついた新聞を手に取り、目を通す。すると、そこには、信じたくない記事が書かれていた。

『ノースランド国、フェリシア賞、最有力候補決まる！　～女王陛下が独断と偏見で選ぶ、今年話題になった最高の女性に与えられるフェリシア賞の候補が決定した。候補は三人だが、中でも最有力なのはグレイス・アンダルシア公爵夫人だ。辺境地方の出身ながら、卓越した才能と企画力、それを鼻に掛けない謙虚な態度で、一躍噂の的になった女性だ。公爵夫人は、地域の活性化や子どもの教育、そして食育に大きく貢献したとして、候補に挙がったが、陛下や王太子殿下の覚えめでたく、ほぼ決定したといっても過言ではないだろう～』

嘘……本当だったの？　あのお姉様が？　ノースランド最高の女性？　わたしを差し置いて？

許せない。なんのギフトもない、愚鈍なグレイスのくせに‼

わたしは新聞を握り締め、郊外の水車小屋に走った。早くお父様に知らせて、なんとかしていただかなくては。どんな手を使っても、お姉様に汚名を着せ、フェリシア賞に相応しくないと世に知らせなければいけない。ついでに多額のお金を巻き上げられたら最高ね。

お姉様が崇められる世界なんて間違っている。

ギフトを与えられたわたしが、神に選ばれた民のわたしが、崇められるべきなのよ。

それから二日王都で過ごしたのち、私とラスティは辺境ハーネット領にあるエバンス教会に向かった。シシリーは今回、タウンハウスでお留守番である。不在時に屋敷の管理を頼んでいる老夫婦が、一週間ほど王都を留守にするという。それで仕方なく残ることになったのだ。彼女はとても落ち込んだが、お土産を買ってくるからと約束すると、あっさり受け入れてくれた。

ロズベルグも一緒に行くはずだったのだが、直前で急な仕事が入ったらしく、エバンス教会で合流することになった。道中私たちだけでは心配だからと、護衛として研究所の男性一名をつけてくれた。ハーネット領に帰るだけなのに、護衛とは大袈裟だと思ったけれど、ロズベルグの深刻な表情が気になり、素直に従った。

というわけで、私とラスティ、公爵家の御者と護衛の男性との四人旅になり、一路、エバンス教会を目指す。道中は主に、グレイスカードをして遊んだ。カードの扱いに慣れてきたラスティは、もっともっとと貪欲に遊びを知りたがる。その知識欲に請われるままに、カードで出来る簡単な手品を教えると、ラスティは夢中になって練習した。その甲斐あって、エバンス教会に着く頃には、大人も顔負けの手品を習得していた。

「着いたわ。ああ、懐かしい」

馬車を降りると、爽やかな風が頬をすり抜けた。ハーネット領の気候は南寄りのため温暖で、年中過ごしやすい。特にエバンス教会の辺りは本当になにもなく、自然豊かな土地なのだ。

付近の町で宿を取る予定の御者たちを見送ると、緩い傾斜の畦道《あぜみち》を上る。見渡す限りの草原は緩やかな起伏を描き、真ん中の細い登り道の上に、こぢんまりとした教会が建っている。

変わらない景色と懐かしい匂いに、私の胸は高鳴った。

「広いですね！　どこまでもはしれそう！」

ラスティは両手を広げ、草原を駆けまわる。アンダルシア領の本宅も、王宮の広場も、ここまでの開放感はない。子どもなら駆け出したくなるのも当然。大人の私ですら、素足で走りたいと思うのだから。

「あれ？　おかあさま、たくさん子どもがいます！」

駆けて教会近くまで行ったラスティが私に手招きをする。時間的には、今はお昼寝後の外遊びの時間かしら。ラスティが見つけたのはきっと、孤児院の子どもたちだ。

急いでラスティのところに向かうと、孤児院の子どもたちが、遊びの手を止めてこちらを見ていた。

「あ、グレイスだ！　グレイスだぞっ！」

「本当だわ……帰ってきた！　グレイスが帰ってきたわ」

孤児院の子どもたちは、我先にと丘を駆け下りてくる。口々に私の名前を叫ぶので、感極まって泣きそうになってしまった。でも、泣かないわ。ラスティに皆を紹介しなくちゃいけないもの。

子どもたちの中で、最初に到着したのはやはり年長者のトムだ。今年六歳になる彼は、足も速いし、力も強い。同年代の子に比べて体も大きく、押しも押されもせぬ孤児院のリーダー的な存在だ。

「グレイス！　久しぶりだなっ！　会いたかったぜ」

「トム。元気そうでよかったわ。腕白《わんぱく》すぎてシスタークレメンスを困らせているのかしら？」

「まあな！」

「ふふっ、褒めてないのだけど？　あ、そうだわ。トムや皆に紹介するわね」

私は優しくラスティの肩を押し、トムたちに紹介した。ラスティは子どもたちの勢いに気圧されたのか、カチコチに固まっている。それでも一生懸命言葉を絞り出した。

「こ、こんにちは。ぼく、ラスティです」

「きゃあ、可愛い！」

と、歓声をあげたのは女の子たちである。孤児院の女の子は四人いて一番上のリサが六歳、あとは皆五歳で全員がラスティより年上だ。おしゃまな彼女たちは、可愛いものに目がない。銀髪に緑の瞳という美しい容姿と、整った顔立ちに心を掴まれたようだ。

ラスティはいきなり女の子たちに囲まれて、顔を真っ赤にして目を泳がせている。その様子が微笑ましくて眺めていると、トムが怒ったように言ったのだ。

「はん！　どこが可愛いだって？　なよなよでクッソ弱そうじゃないか！」

「ばっかじゃないの？　ラスティは品があるのよ！　あんたみたいな乱暴者とは違うの！」

「なんだとっ、リサ！　よくも言ったな！」

「なによ？　やる気？」

トム対リサ。彼らは以前からしばしば対立するが、それは長くは続かない。彼らには彼らの解決方法がある。両者が納得するまで遊び尽くし、その中で勝者を決める方法だ。勝者が決まると、それ以降は喧嘩にならない。喧嘩の原因を忘れてしまうからだ。

しかし、それを知らないラスティはふたりの間でおろおろしている。今にも喧嘩が始まるのではないかと恐れているのだ。大丈夫だと伝えてもよかったけれど、ここはあえて放っておく。子どもたちの関係に、あれこれ大人が踏み込んでいくのも良し悪しだからだ。

「それじゃあ、今日はなんの遊びで戦う？」

「そうねえ。うずまきじゃんけん、でどう？」

「いいぜ！」

対戦科目を決めたふたりは、その流れで組分けに入った。

「ラスティは私たちの組ね。いい？」

リサにより、強引に仲間に入れられたラスティは、少し戸惑っている。今までは貴族の子ども相手だったから、組分けにも多少の話し合いというものが存在した。だけど、孤児院の子どもたちにはそんなもの必要ない。ノリと勢いが全てである。

「う、うん」

「頑張ろうね。トムにラスティが弱くないってところを見せてやらなきゃ！」

リサと女の子たちに囲まれて、ラスティは力強く頷いた。うずまきじゃんけんは得意中の得意なので、かなり活躍出来ると思う。戦いに赴くラスティに手を振り送り出すと、後ろから声を掛けられた。

「お帰りなさい。グレイス」

「あ、シスタークレメンス。突然押しかけて申し訳ありません」

「ほほほ。なにを畏まって。あなたなら大歓迎、いつでも帰ってきていいのですよ。でも……どうやら新しい居場所も快適なようですね。安心しました」

「はい。最初はどうなることかと思いましたが」

「あの子のことね」

シスタークレメンスは子どもたちの中にいるラスティに目を向けた。

「心に傷を負ったラスティは、あなたの頑張りで明るくなったようだと聞きました。よかったわ」

「え？　聞いたって、誰にですか？」

「アンダルシア公爵様よ。度々お手紙をいただいていてね。あなたの近況も教えてくれました。アンダルシア領でも王都でも大活躍だとね。最初ここにいらした時は、氷のように冷たい方のように見えましたが、違ったようですね」

「ロズベルグ様が……手紙を……」

そういえば、寄付だけでは無責任だとかなんとか、タウンハウスで言っていたような気がする。その時は疑ってしまったけれど、本当にそう思っていたようだ。

でも、なんで？　どこで、どうして、性格が変わったの？　アンダルシア領に帰ってきた時はまだ、永久凍土のように冷たく硬い表情をしていたけれど……。

「まあ、とにかく、会えてよかったわ。いつまでここにいるの？」

「教会でロズベルグ様と合流することになっているのです。明日か明後日か……ですので、今夜はこちらに泊めていただけますか？」

「ええ、もちろん。公爵様にいただいた寄付で、汚れていたシーツを新しいものに変えたのよ。ちょっとだけ快適になったから、遠慮なく泊まっていって」

「ありがとうございます。あ、始まりましたね」

子どもたちに目を向けると、ちょうど戦いの火蓋が切られたところだった。リサ軍は中から、トム軍は外から攻めていく。この年齢の子どもだと、男女の運動能力に大差はない。また、じゃんけんという運要素を挟むので、勝敗の行方は全くわからなかった。

「リサ！　頑張れ！」

「トム、負けるな！」

子どもたちの声が丘に響く。ラスティも彼らに交じって大声を出している。勝ったり負けたり、進んで戻りを繰り返し、やがて優勢の軍が見えてきた。トム軍は、大将のトムがじゃんけんで連続勝ちし、リサ軍の手前までやって来た。

しかし、ラスティがトムを撃破すると、ここから快進撃が始まった。ラスティは迫りくるトム軍を次々打ち負かし、陣地に迫る。そして最後のトムとの勝負を制すると、意気揚々とトム軍の陣地を踏んだ。

「やった……やったあ！　勝った！」

勝鬨《かちどき》を上げたラスティの周りに、リサたちが集まって大騒ぎをする。もみくちゃにされたラスティは零れるような笑顔で私に手を振ったが、なにかに気づいて踵を返す。向かったのは、トムとトム軍の男の子たちのところ。悔しそうに地面に座り込んでいた彼らに、ラスティは手を差し出した。

「いいしょうぶだったね！　また、いっしょにあそぼう！」

「……ふうん、なかなか見どころがあるな。よし、ラスティ、お前をオレたちの仲間と認める！」

「ありがとう」

「いいってことよ！　で、次はなにする？　ラスティが決めていいぜ？」

トムに認められたラスティは、嬉しそうに笑っている。

「ああ、いい光景ですね。神イリスの理想となさる世界の縮図がここに在る気がします」

シスタークレメンスは、胸に手を当てて天を仰ぎ、続けた。

「よい方向にラスティを導きましたね。将来、彼は慈悲深い領主になることでしょう。ハーネットの領主と違ってね」

「え？　なにかあったのですか？」

「あら、知らなかったのね」

シスタークレメンスは深くため息を吐くと、事の次第を話してくれた。

父とアレイシアはギフト『癒しの風』を使って、貴族や商人相手に法外な金額で治療を施していた。そのお金を私利私欲のために使い、歯止めが効かなくなった彼らは、やがて評判の悪い金貸しにお金を借りた。返す目途があるからと気にも留めなかったのだろう。しかし、ある日突然、アレイシアのギフトが消えた。貴族や商人からの依頼は無くなり、残ったのは金貸しへの借金のみ。借金取りから追われるようになったハーネット伯爵親子は、現在逃亡中なのだという。

「ギフトが消えた……？　そんなことがあるのですね」

「きっと、イリス様も腹に据えかねたのでしょう。神の恩寵を使い悪行を重ねた罰を受けたのだと思いますよ」

「罰……シスタークレメンス、私は彼らの身内であるのに、さほど気の毒だと思えないのです。これは、無慈悲なことでしょうか？　そんな風に考える自分は冷たい人間なのでしょうか？

私は……シスター失格でしょうか？」

父と妹の没落話を聞いても、助けてあげたいとは微塵も思わなかった。血を分けた肉親なのに、なんの気持ちも湧かないのかと、自分で自分が恐ろしくなったのだ。

「いいえ、あなたの気持ちは、なんら恥じることのない当たり前のものです。彼らの罪は彼ら自身の罪、あまり深く考えすぎないように。全ては神の御計画、今は成り行きを見守りましょう。ほら、子どもたちがあなたを呼んでいますよ」

シスタークレメンスの視線を追うと、ラスティたちがこちらに向かって手招きしていた。一緒に遊ぼう、と呼んでいるのだ。

「さあ、行きなさい。可愛い子どもたちが待っていますよ」

「はい」

即答すると駆け出した。

父や妹とは昔、袂《たもと》を分かったのだ。シスタークレメンスの言うとおり、深く考えず神の御心に任せよう。私には、今もっと大事な人たちがいるのだから。


その日は、夕方まで子どもたちと遊び教会へと帰った。久しぶりなので夕食を作ろうかと厨房に行くと、そこに見慣れぬ年配の女性がいた。彼女は町の料理人で、朝昼晩と三回、ここに来て料理を作ってくれているそうだ。私がいなくなり料理人を失った教会は、アンダルシア家からの多額の寄付で、まず彼女を雇ったらしい。誰でも同じ料理が作れるように簡単なレシピノートを置いていったが、彼女は、ちゃんとそれを活用して再現してくれている。子どもたちも以前と変わらぬ美味しい料理に大満足だという。

出番がないのはちょっとだけつまらなかったが、子どもたちの健康な食生活が守られるのは、とても素晴らしいことだ。

夕食後、私はここに来た目的のものを、子どもたちに手渡した。

女王陛下、即位十周年記念の品『グレイスカード』である。美しいカードに、リサたち女の子は夢中になり、トムたち男の子もリシャール殿下の描いた絵札を「かっこいい」と称賛した。

カード誕生の経緯を知っているラスティは、リシャール殿下の功績を身振り手振りで皆に伝え注目を浴びる。王太子リシャール殿下は雲の上の存在。その殿下と友だちだというラスティのことを、トムたちはやんごとなき生まれだと気づいたようだ。

「ラスティお前、すごく偉いんだろ？」

「え？　ううん、トム。ぼく、えらくないよ」

「隠さなくていいって。きっと勇敢なお前なら、なんかすごいことやってのけるさ！　オレもいつか強くなって、皆を守れるような男になるぜ！　そんときはラスティの部下になってやってもいいぞ」

「ぶか？　それって、ともだちのこと？」

首を捻るラスティにトムは「そうだ！」と断言した。

違う！と口から出そうになったが、ふたりの可愛らしさに思わず言葉を呑み込んだ。部下でも友人でも、仲がよければもう、それでいいわよね。

夜も更けてきて、子どもたちは眠る時間だ。グレイスカードで遊ぶ気満々だった子どもたちを宥めるのは大変だったが、明日たくさん遊ぼうと言い含めると、なんとか納得して床に就いてくれた。


次の日、朝食を済ませてから、柔らかな日差しが届く丘の上にピクニックシートを敷く。

ラスティと子どもたち、そして私はカードゲームをするために、その上に座り体を寄せ合った。

「どんな遊びをするの？」

リサがカードを捲りながら尋ねる。アンダルシア領にいた時は、数当てなど、割と少人数で楽しめる遊びをしていた。でも、せっかく大人数でやるのだから、もっとエキサイトする遊びがしたい。

というわけで、提案したいのは『ババ抜き』だ。でも、やはり困るのは名称である。

ジョーカー代わりのワイルドカード（クラウンの絵柄）を最後まで持っていた人が負け、となるが、それで『ババ抜き』という名前だと説明されても、この世界の子どもはピンとこないだろう。だから、今回も私の独断で名前を考えた。

「クラウンどこだ？っていう遊びよ。説明するわね！」

私はカードの束からワイルドカードを一枚抜き、よく切る。そして、子どもたち全員にカードを配って、自分だけが見えるように持ってもらい、ざっくりと説明をした。

「隣の人のカードを引くんだな！」

「で、同じ数字のカードがあったら場に捨てる」

「最後にクラウンのカードが残ったら、負けってわけね！」

たった一度の説明で、子どもたちはルールを理解した。ラスティも手元にあったクラウンのカードを眺めながら「わかりました！」と元気よく返事をした。

全員が理解をしたところで、カードを配り直す。すると、手元のカードを見た子どもたちの表情にわかりやすい変化が現れた。トムの顔が青ざめ、他の子どもはほっとしたような顔をしたのだ。

トムがクラウンを持っている。と、私以下全員が考えただろう。でも、勝負はここから。トムが隣のラスティにクラウンを引かせることが出来れば形勢逆転だ。その駆け引きが最高に興奮する遊びなのだ。

トムはカードを前に出し、ラスティに引けといった。あら、一枚だけ上に飛び出ているわね。果たしてこれは罠なのか。真剣な顔のラスティは、素直に飛び出たカードを引く。トムはにんまりし、今度はラスティの顔が青ざめた。なにこれ、見ているだけでも楽しいわ！

それからクラウンは、いろんな場所を行ったり来たりし、そのたびに歓声や悲鳴があがった。子どもたちも次第に慣れてきて、ポーカーフェイスで相手に悟らせないようにしている。明らかな皆の成長が見えて、私は最高に幸せだ。

そうして、四回戦目が始まった時、丘から見下ろせる街道に馬車が一台止まった。遅れて合流すると言ったロズベルグかと思ったが、それにしては馬車が小さく粗末だ。公爵が使用する馬車には見えない。楽しく遊んでいる子どもたちを邪魔しないように様子を窺っていると、馬車から三人の人が降りてきた。ひとりは知らない男性、あとのふたりは……知っている。

父、ハーネット伯爵とアレイシアだ。

どうしてここに？　なんの用で？　いろんな疑問が胸の内を駆け巡り、血の気が引いていく。

彼らは方々から追われているはずで、呑気にこんなところに来るなんて考えられない。

いや……こんなところだから、追手がこないと思ったのかも。

子どもたちの賑やかな声が聞こえる中、立ち上がり警戒する。すると、向こうがこちらに気づいた。父とアレイシアはもうひとりの男性とこちらに近づいてくる。誰かに知らせようと思ったが、シスタークレメンスは今朝早く用事があると言って出掛けてしまった。私が対処するしかない。でもたとえどんなことになろうとも、子どもたちには手出しさせない、と誓った。

子どもたちに気づかれないように彼らに近づき、丘の中腹で対峙する。ハーネット伯爵家を離れて四年、あの頃は父やアレイシアの言葉を真に受けて、傷つくだけだった。今は祖母の励ましと神イリスの教えに触れ、自分にはなんら非がなかったことを知っている。

だから、対等に話が出来るはずだ。

「久しぶりだな。グレイス」

父は私の前に立つと、ふてぶてしい表情で言った。

「はい。こんな辺境まで、どんな御用でしょう。教会に懺悔にでもいらしたのですか？」

「そんなわけあるか。お前に会いに来たのだよ」

「よくここにいるとわかりましたね」

「ふ……いろいろな伝手でな」

父は後ろに控えた男性にちらりと視線を送る。四角い眼鏡を掛けていて神経質そう。一見、害のなさそうな人に見えるが、どことなく軽薄な印象も受ける。いったい何者だろう、と考える暇もなく父が続ける。

「で、大層有名になったらしいじゃないか」

「は？　有名？　意味がわかりません」

「しらばくれるな、知っているのだぞ。アンダルシア公の妻となり、王族とも懇意になったというじゃないか。また、グレイスカードという商品を開発するきっかけを作ったと聞いたぞ。随分金を稼いだのだろう？」

父はニヤリと笑った。

まさか、私にお金の無心に来たのかしら？　自分たちの借金を肩代わりさせようとしているの？

「稼いでなどいません。陛下のご厚意でいくらかいただきますが、全額寄付をする予定です。それも全て、ロズベルグ様のお許しを得て、です。私のいただいたお金は、アンダルシア家の持ち物、お金はロズベルグ様のものですよ」

「ならば公爵に頼めばいいだろう？　妻の実家のために金を工面しても罰は当たらないぞ。それに、アンダルシア公は私に了解も取らず伯爵家の娘を妻として連れていった。結納金としていくらかもらうのが正当な権利だ」

「娘、と言いましたが、私がお祖母様に引き取られた時、連れ戻しにも来なかったですよね？　私の家族はお祖母様、そして今は、アンダルシア家の方々だけです。あなた方を家族とは思えません」

「くっ……生意気な。昔からお前はアレイシアと違い可愛くなかった。今も変わらんな」

父は後ろに控えたアレイシアに目配せをする。それが選手交代の合図かのように、今度はアレイシアが前に出てきた。

「全く……少しお金を工面して、と言っているだけでしょう？　わからずやもいいとこね」

「どっちが……ギフトを悪用してお金を稼ぐなんて最低よ。イリス様が怒ってギフトを取り上げたのがわからないの？」

「違うわ。ギフトは一時的に消えただけ。すぐ復活するわ。皆知らないのよ」

私はあきれ返り言葉を失った。楽天的にも程があるわ。ギフトは神の恩寵とされるもの。シスタークレメンスの言うとおり、消えたのは神の恩寵を失ったからだ。自分のいいように解釈して、破滅の道を辿っているだけだとどうして理解しないのか。

それに、私が祖母から聞いた話が真実だとするなら、アレイシアも誰かの願いでギフトを得たことになる。おそらくは、側妻であった彼女の母親……。アレイシアが母親を看取ったのを私は見ていた。「幸せになってほしい」と願う母親の想いを、アレイシアは無にしてしまったのだ。

「お姉様は、どうしても私たちを助ける気はないわけね？」

「お金は渡せない。迷惑を掛けた人たちにはちゃんと働いて自分が返すべきよ」

「ふうん。じゃあ、仕方ないわね。ハイリーさん、さっきの話記事にして頂戴」

アレイシアに促され、ハイリーと呼ばれた男性が私に会釈をした。でも、その目は、獲物を追いつめる獣のように鋭くなっている。最初の印象とは別人のようだ。

「お初にお目にかかります。私はハイリー・ドナルド。王都の新聞社で記者をしています」

「王都の新聞社……」

そういえば、エルネスは新聞社を経営しているって言っていたわね。彼の経営している新聞社の人がどうして父やアレイシアと一緒に？

「ええ、王都に一社しかない新聞社の記者です。優秀な人間しか雇われない職種ですよ。いうなれば選ばれた者！」

「はあ……で、私になにかお話が？」

「そう、その件です！　グレイス様が発案したとされるグレイスカード。本当はアレイシア嬢が発案したのでしょう？　アレイシア嬢の亡くなった母上が彼女に教え、それをこっそりあなたが聞いていた」

「は？　いったい……なにを言っているの？」

ハイリーの言葉を理解するまで、しばらく時間が掛かった。カードの発案が私じゃなくアレイシア？　それは違う。カードはこの世界のものじゃなく、私が前世いた世界のもの。アレイシアが知っているわけはない。じゃあ、どうして彼女はそんな嘘をハイリーに話したのか。

わけがわからずアレイシアを見ると、彼女は意味深に笑っている。

その勝ち誇ったような表情は、アレイシアが私を虐げる時にいつもしていた顔だった。

「グレイス様はご存じですか？　最近商人組合の間で『特許』なるものが出来まして、品物の発案・製造・権利者の明記を詳しく記載することになったのです。今のところ、発案はグレイス様、製造はスタン商会、権利者はノースランド王家ですが、アレイシア嬢が発案者となると、大きな虚偽が生じます」

「虚偽……ですって？」

「虚偽に関して罰金などは発生しませんが、グレイス様が意図的に嘘を吐いたとしたら、世間を騙したことになり、大変な不名誉になります。これはとんでもないスキャンダルですよ？アンダルシア公爵家の名にも傷がつき、フェリシア賞の候補からも外れますね」

「フェリシア賞？　なんですか、それは。とにかく私、嘘は吐いていません」

冷静に返答した。嘘吐き呼ばわりされて、本当は抑えきれない怒りが込み上げている。けれど、この手の連中には怒りで返せば逆効果になると思い、ぐっと堪えた。

ただ、彼らは諦めないだろう。そう考えたとおり、ハイリーが反論してきた。

「しかしですね、アレイシア嬢が嘘を吐いたという証拠もありませんし。私はね、王都で発行される新聞に記事を書くのが仕事です。そして、アレイシア嬢の話が真実ならそれを記事にしたいと考えています。王都の人々は新聞で様々な事実を知ります。そこに書いてあることを信じるのです」

「あ、なるほど。そういうこと？　あなた、父とアレイシアと共謀しているのでしょう？」

「ははは、なにを根拠にそんなことを？　私は真実を伝えたいだけです」

「何度でも言います。私は嘘を吐いていない。本当です」

無駄だとわかっていても、言い続ける。彼らは嘘をでっち上げて、私を脅迫しているのだ。

こんな卑怯な人たちに屈したくない。

「おかあさま？　この人たちはだれなのですか？」

後ろを振り向くと、ラスティが不安げな様子で立っている。他の子どもたちも一緒だ。激しく言い争いすぎたかと、後悔したがもうどうにも出来ない。私は「なんでもないのよ」とラスティたちを安心させようとしたが、ハイリーが横入りしてきた。

「おや、アンダルシア家のご令息ですかな？　あなたの継母であるグレイス様が嘘を吐いたと認めないのです。あなたからも嘘はダメだと諭していただけますか？」

「ちょっとやめて！　ラスティに話し掛けないで！」

慌てて制したが、ハイリーは素早くラスティに近づいて薄ら笑いを浮かべた。なんて最低な人。私だけじゃなく、ラスティにまで……。

もう許せない。強く言って追い返してやらないと！　それでも聞かなかったら、妖精たちに頼んでお仕置きをするまで！

覚悟を決めて息を吸い込み、声を出そうとした瞬間、ラスティが叫んだ。

「おかあさまは、うそなんてつかないっ！　おかあさまにひどいことを言うと、ぼくがゆるさない！」

「ラスティ……」

両手を広げ、私を守るように前に立ちはだかる小さなナイトは、決意に満ちた瞳で彼らを睨む。すると、それに続けとばかりに、トムや他の子どもたちも加勢した。

「おっさんたち、グレイスを苛めるなら、オレたちが相手になるぜ！」

「そうだ！　帰れ帰れ！」

子どもたちが口々に彼らを罵る。

その声にハイリーは怯んだが、父は違った。子どもたちを忌々しそうにねめつけ、威嚇するように片足を踏み出す。それでも怯まない子どもたちに業を煮やした父は、ついに片手をラスティの頭上に振り上げた。殴る気!?　そんなの絶対に許さない。

「やめて！　子どもたちに危害を加えないで！」

叫ぶと同時に、体全体で子どもたちを庇う。間に合ったはず……だ。でも、体のどこにも痛みを感じない。父が攻撃を止めたの？

恐る恐る振り向くと、戦慄の表情を浮かべた父の視線の先に、見知った顔があった。

「お前、私の妻と息子になにをする気だ？」

ロズベルグが、父の腕をねじり上げながら凄んでいる。

「うっ、うあああ、腕が……千切れるっ……」

「千切られても文句は言えまい？　暴行を働こうとしたのだからな」

父は顔を真っ赤にして痛みを堪え、ロズベルグは涼しい表情だ。しかし内に秘めた激情は怒りで満ちている気がした。父の腕を掴んだ手とは反対の手が、細かに震えている。抑えきれない怒気をなんとか制御している、という風に見えた。

「ア、アンダルシア公爵でございますね。ちょっと冷静になりましょう。私は新聞社のハイリーと申します。ここには取材にきておりまして……」

「話を聞く気はない。お前たちの思惑は全て知っているのだ。なあ、シーカー？」

ロズベルグは背後に目を向けた。今まで気づかなかったが、彼の背後にはもうひとり男性がいて、アレイシアの動きを注視している。茶髪の癖毛で童顔の彼は、アレイシアが変な行動をすれば、いつでも動けるように気を配っているようだ。

「うん。君たちが王都に隠れていたことも、新聞社に乗り込んで、抱き込めそうな社員に儲け話を持ち掛けたこともね。ただ、調査員の尾行をまかれるとは思っていなかったよ。おかげでここに来るのが少し遅れてしまった。子どもたちや、公爵夫人に怖い思いをさせてしまったね……それだけが誤算だよ」

「ギフトを失くし、借金を返済出来なくなったお前たちが、グレイスに接触を図ることは想像出来た。フェリシア賞のこともでかでかと新聞に載っていたしな。グレイスには知らせずに、王都で事を済ませようと思っていたのだが……怖かっただろう、すまない」

ロズベルグは、不意にこちらに視線を送る。あまりにも唐突だったので、返答に窮し、こくこくと振り子のように頷くことしか出来なかった。

「し、しかし公爵、ハーネット伯爵の暴行未遂と、グレイスカードの件は無関係です。グレイスカードの発案者が、アレイシア嬢かグレイス様かという問題は解決しておりません。真実を知るまで、私も引き下がるわけには……」

「スクープを書いて有名になりたいからか？」

「ええそう。スクープを……い、いえ真実を、です」

「ふん。ハイエナのような奴だ。グレイスカードの発案者が誰かなんてわかり切っている。だが、はっきりさせたいならそうしてやろう」

ロズベルグは父の腕を離し、今度はアレイシアに向き直った。氷のような視線を向けられたアレイシアは身震いし視線を背ける。まるで蛇に睨まれた蛙だ。

「グレイスカードを発案したのは、君か？　アレイシア・ハーネット？」

「…………」

「ほら、こちらを見て大きな声で答えたまえ。どうなのだ？」

「わ、私、です。カードの発案者は、私です」

ロズベルグはアレイシアの頭上を凝視し、黙ってなにかを吟味している。

あれ？　このシチュエーション……どこかで見たわ。

確か、マルティナの食事になにかを入れたか？と問われた時……。それと、彼が教会に訪ねてきた折り、子どもは好きかと質問した時……。たまたま考える仕草が同じなだけ？　それとも別のなにかがあるのかしら。

「嘘だな」

「は？　え？　どうして嘘だと？　そんなこと誰にもわかるはずがありません」

「それがわかるのさ。ハイリー君。アンダルシア公爵はギフトを持っている。嘘を見抜く……えーっとなんでしたっけ？」

「……虚言の発覚だ」

ああ、そうだったとシーカーは笑って手を打ち、逆にハイリーは顔面蒼白になった。父とアレイシアも口を開けたまま顔を見合わせている。

恥ずかしながら私もそうだ。ロズベルグがギフトの持ち主だったなんて、考えてもみなかった。彼が人の吐いた嘘がわかるギフトを持っているのなら、マルティナの件で私に問うた時、嘘を言っていないと知ったに違いない。だから、直後に言い訳がましいことを言ったり、よくわからない態度をとったりしたのだ。

「公爵がギフトを持っていると嘘を吐いている可能性もあるじゃないですか！　グレイス様を助けるために、苦し紛れの嘘を吐いたのではないですか⁉」

「絶対にそう返されるだろうと思って、陛下にお墨付きをもらってある。ほら、これだ。よく見ろ」

ロズベルグは折りたたんだ手紙を開いてハイリーに見せた。なにが書いてあるのかはわからないが、おそらく証明書のようなものだと思う。そこまで見越して用意しておいたなんて、ロズベルグの慎重さには頭が下がる。

「どうだ？　なにか言いたいことはあるか？」

「くっ……間違いありません、アンダルシア公爵がギフト所有者だと、陛下が署名しています」

ハイリーは完全に戦意喪失し、アレイシアは顔を真っ赤にして拳を握り締めている。これを見れば、どちらが嘘を吐いているかなんて一目瞭然だ。だが父はしつこくごねる。

「くそっ、まだだ！　アンダルシア公爵、父親である私の承諾を得ず、娘を勝手に妻にした件はどう説明なさるおつもりか!?　貴族の間では、許されない行為ですぞ？」

「グレイスは一度俗世を離れ、教会に属している。それで家族関係は断たれているはず。だが、君たちはまだ、言いがかりをつけたいのだろう。だから、ぐうの音も出ないほど、叩き潰すことにした」

「は？　それはどういう……」

「こういうことですよ」

澄んだ声が辺りに響き渡ると、シスタークレメンスがゆっくりと丘を上がってきた。その手にはなにか紙を持っている。

「ああ、嘆かわしい。神の教えに背き、更に我が子にたかろうとするなんて、イリス様の代わりに私が成敗して差し上げます。さあ、アンダルシア公爵、これがお求めの書類です」

「ありがとう、シスタークレメンス。手間を掛けさせてしまったな」

「いいえ。可愛いグレイスが真に幸せになるためならば、このくらい容易《たやす》いこと」

「な、なんだ？　いったいなんの話をしているのだ？」

ロズベルグとシスタークレメンスの会話に、空恐ろしいものを感じたのか、父は怯えている。ぐうの音も出ないほど叩き潰すとか、イリス様の代わりに成敗とか、かなり物騒なことを言っているけれど、ふたりはなにをするつもりなのかしら。

「シスタークレメンスには、ユークレスカ伯爵のところに行ってもらっていた。グレイスの祖母ロマンサの息子で、彼女の叔父にあたる。もちろん知っているな？」

「あ、ああ」

今度はシスタークレメンスが父に向かって話し出す。

「私とロマンサは古くからの親友で、彼女の息子とも知り合いなのよ。だから、グレイスを彼の養女にしてくれるよう話してきました」

「ま、まさか……ユークレスカ伯爵は了承を⁉」

「ええ。彼は姪のグレイスのことをずっと気に掛けていた。だから、二つ返事で了承してくれました。そして、私は彼の承諾書を持ってユークレスカ領の教会に行き、司祭様に養子縁組の手続きをしてもらったのです。お馬鹿なあなたにもわかるでしょう？　イリス国教会の決定は、陛下の命に次ぐ力を持つと」

「くっ……」

父はようやく口を噤《つぐ》んだ。もうなにをどうしても、私からお金を引き出す手段はなくなったと悟ったのだろう。ハイリーはすでに戦う気力をなくしていて、アレイシアは私に激しい憎しみの目を向けている。

だが、これで決着はついたようだ。戦いの行方を見守っていた子どもたちはほっと息を吐き、ラスティも笑顔で私に抱きついてくる。

丘の下の街道から馬の嘶《いなな》きが聞こえた。見ると数台の馬車が止まり、中から男性たちが現れた。たぶん、ロズベルグの部下だ。王都から護衛としてついてきてくれた男性の姿も見える。

「ハーネット伯爵とアレイシア伯爵令嬢、及びハイリーを王都へ連行しろ。公爵夫人に対する恐喝、公爵令息及び子どもたちに対する暴行未遂だ。あ、そうそう、ハイリー、君に伝言がある」

「え？」

「本日をもって、君は新聞社をクビになった。エルネス・スタンからの通達だ」

「ク、クビ？　は、はは、そんな馬鹿な」

「馬鹿は君だろう？　たかがスクープのために、人生を棒に振ったな。連れていけ」

ロズベルグの言葉に頷き、部下たちは粛々と仕事をこなす。

父とアレイシア、そしてハイリーはきつく縛られて王都行きの馬車に乗せられた。ハイリーは職を失くし、父とアレイシアはなにかしらの罰を受けるのだろう。でも、牢に入っていたほうが、彼らの身は安全だと思う。だって、金貸しに捕まれば、命はないだろうから。

「グレイス、大丈夫か？」

ロズベルグが私に尋ねた。

「あ、はい。皆が守ってくれましたから。ラスティと子どもたち、皆、素敵な私のナイトだわ。ありがとう」

お礼を言うと、ラスティは真っ赤になって照れ、トムも他の子どもたちも誇らしそうに胸を張った。

「ああ、そうだな。皆はとても勇気と思いやりがある。将来が楽しみだ」

「ええ、本当に……あの、ロズベルグ様もシスタークレメンスもありがとうございます。私のためにいろいろ手を尽くしてくれたようで」

「私はたいしたことをしていませんよ。でも、アンダルシア公爵は思い切ったことをなさったようね。ギフトを所有していると世間に知らせるのは、かなりのリスクでしょう？」

シスタークレメンスは目を細めてロズベルグに言った。確かにそうなのだ。私もギフトを所有しているとは誰にも言っていない。祖母との約束もあったけれど、知られて他人に利用されるのが怖いからだ。ロズベルグのギフト『虚言の発覚』も、黙っていたほうが遥かに使いやすい能力だ。なのに、いずれ離縁する契約妻のために暴露してしまうなんて。

ロズベルグは「別に」といつものように冷静に返答する。だが、隣で会話を聞いていたシーカーが、身を乗り出して捲し立てた。

「別に、で片付けないでほしいよ！　君がギフト所有者だってことを、ここに来る途中の馬車の中で知らされた僕の身にもなってくれ。もう、頭がパニックだったよ」

と、ひとしきり喋ったシーカーは、私に向き直るとにっこり笑って手を差し出した。

「挨拶が遅れてすみません。どうも初めまして。僕はシーカー・アルノッド、ギフト研究所の副所長でロズの部下です、よろしく」

「は、はい、よろしくお願いします。ギフト研究所の方でしたか。ご足労感謝します」

「とんでもない。グレイス様のおかげで、ロズがだいぶ丸くなったからね。こちらが感謝しているくらいだよ」

「私のおかげ？　なにもしていませんけど？」

微笑むシーカーの前で、私は困惑を隠せない。だって、本当になにもしていないのだ。私のしたことといえば、ラスティのために料理を作り、ラスティと心ゆくまで遊び、ラスティの笑顔を見て和み、ラスティの可愛さを日々補給しただけ。

彼はなにかを勘違いしているのではないか？　うん、そうに違いないわ。

「ああ、そういう奥ゆかしいところがいいのかもしれないね」

「シーカー、もう帰っていいぞ」

「え!?　なに言ってるんだ、ロズ！　嫌だよ。さっき来たばかりじゃないか。疲れたから僕もここに一泊……」

「帰れ」

絶対零度の抑揚のない声が、シーカーを一喝する。「うっ」と口ごもった彼は、ぶつぶつと文句を言いながら、街道の馬車に戻っていった。その姿を見て少し気の毒になったが、教会に彼が泊まれる場所はない。私の部屋とベッドがまだ残っていたから、昨日はラスティと一緒に寝たけれど、それ以外にもう空きはないのだ。

「さあ皆、悪い人は連れて行かれました。そろそろお昼にしましょう。アンダルシア公爵もご一緒に」

「ありがとう、シスタークレメンス」

「今日はここに一泊なさるといいわ。グレイスの部屋が空いていますから、ご家族で、ね」

「ふえっ⁉　シ、シスタークレメンス？　私の部屋はさして広くもなく、ロズベルグ様をお泊めするなど失礼ではないでしょうか？」

なにを言い出すの⁉　そりゃあ、夫婦だったら、部屋は一緒でいいでしょうけど、私たちは偽装夫婦で、しかもラスティもいるし、ベッドも狭いし、ああええと、とにかく無理よ！

「私は気にしない」

……気にしなさいよ。なんていう私の心の呟きなどお構いなく、ロズベルグは飄々と言う。

「そ、そうですか。ベッドは木箱を並べてその上で寝てもらいますけど、それでも？」

「構わない」

……構いなさいよ。再び呟いたが、最早諦めの境地である。

「では、教会に帰りましょう。手を洗ってから、お昼ご飯ね」

シスタークレメンスがポンと手を打つと、子どもたちが水場に駆け出す。ラスティは私の手を引っ張って先導し、辺りには爽やかな風が吹き抜けた。

美味しそうな料理の香りが、風に乗って漂ってくる。今日はポテトチーズガレットのようだ。鼻を擽る香ばしい香りは私を幸せにし、皆の笑顔を誘引する。

そうだわ、明日の朝食は、私が作ろう。

小さく可愛いナイトたち、そして、助けてくれた皆のために。

ささやかながらの感謝を込めて。

エピローグ　AMAZING　GRACE

アンダルシア領公爵邸、談話室にて。

「お誕生日、おめでとう。ラスティ」

「ありがとうございます。おかあさま！」

ラスティはモスグリーンの毛糸で編んだ帽子をかぶり、天使のように笑った。

アンダルシア領は冬季に入り、朝晩の冷え込みが厳しくなってきた。だから、外で遊ぶ時の帽子と手袋をセットで編んで誕生日プレゼントにしたのだ。

ラスティは今日で五歳になる。ちょうど一年前は、彼の父親ヒューズが亡くなり、誕生会どころではなかった。それから一年間の喪に服していたアンダルシア家は、本日をもって、祝事が解禁され、ラスティの誕生会を行うことになったのだ。

参加者は、ロズベルグと私、そしてマルティナとリリィとシーカー。あとはいつものホーキンスとシシリーである。

「おめでとうラスティ。これは私とリリィからよ」

「わあ、きれいな本。マルティナさま、リリィ、ありがとうございます！」

リリィから本を手渡され、ラスティは早速捲って見ている。その本は、青いビロードで装丁されたとても見事なものだった。図鑑のようで、様々な動植物が、説明書きとともに描かれている。リシャール殿下がこういった図鑑に同じものを描いたら、さぞ素敵になるのだろうなと思いつつ、見て見てと嬉しそうに私の膝に縋るラスティの頭を撫でた。

「じゃあ、僕からはこれ。学者の友人がウェストウッド国で手に入れた植物だ。丸くてトゲトゲがいっぱいで、面白いだろ？　サボテールっていうらしい」

「さぼてえる？　トゲトゲが強そうでかっこいいです！　ありがとう、シーカーさん」

「いいっていいって。冬季中の水やりは控えめに、でも土の表面が乾いたらたっぷりとね」

「はい！」

シーカーから小さな鉢植えを受け取ったラスティは、図鑑を捲り『サボテール』を探し出した。その植物はどこからどうみても、あのサボテンである。ん？　サボテンである？　サボテンであーる……サボテール！

まさか、名前の由来はそこ⁉　いや、そんなわけないか。

「では、私からは……ほら」

ロズベルグは、袋から衣服を取り出すとラスティに着せた。それは温かそうなモコモコのベストである。これからの季節に大活躍しそうで、ラスティは「あたたかいです！」と、とても喜んだ。

「それと、もうひとつあるのだ」

ロズベルグはシーカーと頷き合うと、青色の紙に包まれた小箱を取り出しラスティに渡した。

小箱にはカードも添えられている。ラスティはそれを受け取ると、丁寧に包みを解いた。

箱の中には、直径五センチくらいの丸くて金色のものが入っていた。素材は真鍮《しんちゅう》のようで、表面にアンダルシア家の紋章が描いてある。ネジがついているので、懐中時計だと思った。

時計は発明されていたが、町の大きな時計塔や、柱時計に限定されている。特殊な技術と技巧が必要なことから、懐中時計はごく少数の者しか手に出来ない貴重品であった。

「これ、なあに？」

「懐中時計、のようだな」

「え？　ロズベルグ様からのプレゼントなのでは？」

贈った本人ならば、中身を知っているはずだわ。不思議に感じた私の問いに、ロズベルグは首を横に振った。

「違う。これは、ヒューズ兄上からラスティへの誕生日プレゼントだ」

「おとうさま……からの!?」

「そうだ、ラスティ。兄上は、お前の誕生日に懐中時計を渡すつもりで研究所の金庫に入れていたようだ。金庫の構造が特殊で開けられなかったのだが、この前偶然開いて見つけた」

「でも、どうして入れっぱなしだったのでしょうか？　渡すつもりなら帰宅する日に、持って出るのではないですか？」

私が疑問を口にすると、ロズベルグは遠いなにかに思いを馳せるように目を細めた。

「兄は優秀な人だったが、うっかり屋の部分があった。おそらく、ラスティに会いたいと心が逸《はや》るあまり、プレゼントを忘れたのだと思う。全く、兄らしいというかなんというか……だが、そのせいで、プレゼントは壊れることなくラスティの手に渡った。きっと今、天国でほっとしているさ」

その言葉に、場の全員が笑みを溢した。私は、ヒューズの性格を知らない。けれど、彼を知る人たちの表情が、全てを物語っているように感じた。

「プレゼントにはカードが添えられていただろう？　読んでみろ。兄上からお前へのメッセージだ」

「はい」

ラスティの小さな手に、上質な紙で作られたメッセージカードが握られている。それには丁寧な文字が綴られていた。見たところ、難しい文字は使われていないようだ。きっと、四歳のラスティにもわかるよう、ヒューズがわざと簡単な言葉を選択したのだろう。

全員が静かに見守る中、読み終えたラスティがふうと息を吐いた。

「ラスティ？　大丈夫？」

「……おかあさま、ヒューズおとうさまは、ぼくをとってもあいしているって」

「読ませてもらっていい？」

「うん。みんなにもきいてもらいたいです。おとうさまのきもち、知っていてほしい」

頷くと、文字を目で追う。そして、声に出して読んだ。

『私のラスティ。四歳のたんじょうび、おめでとう。

たくさん文字がよめるようになったようだから、メッセージカードを書いてみたよ。がんばってよんでみなさい。

さて、今回のプレゼントはなんと、かいちゅう時計だ。おもちゃのほうがよかったかい？

だが、それはまたらいねんにとっておこう。

ラスティ、人生はいちどしかない。よくあそんで、よくまなんで、よくねむって、たくさん食べること。そして、おおくのともだちをつくりなさい。じかんにはかぎりがあるから、たいせつにすごせるように、このとけいをおくるよ。

ラスティ、君を心から愛している。

ヒューズ・アンダルシア』

読み終えると、そこら中から、すすり泣く声が聞こえた。ラスティに対するヒューズの想いに、皆感動したのだ。シシリーは涙腺が崩壊し「うわあああん」と号泣しており、マルティナもリリィも、シーカーもホーキンスも、目頭を押さえている。

私も同じだった。メッセージが涙で霞むのを阻止するため、必死で感動を堪えたが、読み終えた途端、涙は堰を切ったように溢れる。それを見てラスティがハンカチを貸してくれた。

「ありがとう、ラスティ。あなたはとても冷静ね」

「ぼくはだいじょうぶです。おかあさまやみんな、たくさんのともだちがいますから。それに、おとうさまはいなくなっていません。ぼくがおぼえているかぎり、ずっとそばにいてくれるのだと思います」

「ええ、そうね。絶対にそうだわ」

ラスティは懐中時計を握り締め、それから、ロズベルグを振り返った。

「プレゼントを見つけてくれて、ありがとうございます」

「いや、もっと早くに渡せたらよかったのだが。遅くなってしまってすまない」

「そんなことありません。うれしいです。お、お、おとうさまっ」

「……え？」

目を丸くしたロズベルグの前で、ラスティは屈託のない笑顔を見せる。

どうして今になって、ラスティがロズベルグのことを「おとうさま」と呼んだのか、少しわかった気がした。

ヒューズが突然亡くなり、気持ちの整理もつかぬままロズベルグの養子になった。だから、現実と心の折り合いがつかなかったのだ。でも、メッセージカードからヒューズの愛を知り、気持ちにけじめをつけられた。ラスティは、前に進もうと決めたのだ。

「おとうさま、おかあさま。グレイスカードであそびませんか？　みんなで！」

「ああ」

「もちろん、いいわよ。あ、でも私は昼食の用意をしてくるわ。美味しい食事を作ってくるから、皆と先に遊んで待っていてね」

「わあ！　楽しみですー！」

ラスティの高く愛らしい声を聞きながら、私は談話室を出た。

お誕生会には美味しい食事がつきもの。今日はラスティのリクエストで、せいろを使った点心と甘いクリームたっぷりのバースデーケーキを用意した。

以前収穫祭でせいろを買ったが、それを使って肉まんを作ったところ大好評。ラスティもロズベルグも（そしてシシリーも）肉まんを作ってくれとせがむようになったのだ。寒い季節の肉まんは至高の食べ物、誰もその魅力に勝てないのである。今回は特別に、ピザまんとビーフシチューまんもメニューに追加した。いろいろ選べたほうが、楽しいに決まっているものね。

そんなこんなで、せいろがひとつでは足りなくなり、追加でノーリのお爺さんに頼んで作ってもらったのだ。檜で作ったせいろは、丈夫で香りもよい高級品だ。それが、町で買えるなんて本当に幸運だった。

点心は、早朝ブラウニーと大方の準備をしていたので、あとは仕上げるだけだ。水を張った鍋にせいろを載せていき、サラマンドが火をつける。高火力で蒸されていくせいろの中から、だんだんといい香りがしてきた。

あとは余熱で仕上げようかと思っていると、厨房にロズベルグがやって来た。

「今、いいか？」

「あ、はい」

作業をしていたブラウニーとサラマンドは、顔を見合わせるとすっと姿を消した。

「邪魔をして悪い。だが、少し話したいことがあった。なるべく早く」

「ええ。なんでしょうか？」

「うん……まずは礼を言いたい。ラスティの件も、収穫祭のことも、君の力無しには上手くいかなかっただろう。ありがとう」

「それは、私の力ではないと思います。強いて言うなら、なるべくしてなった、ということでしょう。全ては神の御計画ですから」

「謙遜しなくてもいいのだが……まあ、それはそれとして……」

ロズベルグはコホンとひとつ咳をした。言いにくいことを言う前、人は咳をする。というのは私の持論だけど……。

はっ！　まさか、ク、クビじゃないでしょうね？

ラスティも元気になったし、私は用済み、とか？　それには断固反対するわ。契約違反だと訴えてやる。どこに訴えたらいいかはわからないけれど、とにかくラスティと引き離されるのは我慢出来ない！

「私は最初、ラスティが十歳になるまでの契約結婚だと言ったが、それを撤回したい」

ほら、やっぱり！　私を追い出す気だわ。さて、どうやって抵抗しようかしら、と思ったのに、ロズベルグが言ったのは考えていたこととは真逆だった。

「ラスティが十歳を過ぎても、君さえよければ、ここにいてくれないか？　ずっと公爵夫人として、妻として」

「えっ⁉」

「君がシスターを目指しているのは知っている。その信念を曲げてもらうのは心苦しい。だが、ラスティにも……その……私にも君が必要なのだ」

「必要……私が？」

舞い上がるほど嬉しかった。ずっとラスティといられると思うだけで胸が弾む。

シスターになるのは、夢だった。イリス様の思想を広め、全世界の子どもたちを貧困と飢餓といわれなき暴力から救いたかった。

その気持ちは変わらない。けれど、私の中で、大切な人の順位が変わってしまったのだ。ずっとイリス様が第一だったのに、今は……。

「ロズベルグ様、ありがとうございます。謹んでそのお申し出、お受けいたしたく思います」

「そうか。了承してくれて助かるよ。しかし、本当に未練はないか？」

「ええ。未練はありません。実は、イリス様より大切な人が出来てしまったので、シスターは目指せないと思いました」

「そ、それは誰のことだ？」

ロズベルグは急に前のめりになった。何故か頬も赤い。

「ラスティです。私、イリス様よりラスティが一番になってしまったのです！」

拳を握り力説すると、ロズベルグは一瞬硬直し、やがて肩を落とした。朱に染まっていた頬も、今は青白い……気がする。

ロズベルグはしばらく虚空を見つめると、やがて納得したように言葉を絞り出した。

「……なるほど、な。うん、そうだろうな。はあ……道は険しいようだ。私は神と息子に勝負を挑み、勝たなければならないのだな」

「ロズベルグ様？　なんのお話ですか」

「なんでもない、気にしないでくれ。そうだ、よければ、昼食の準備を手伝わせてもらえないか？」

「ええっ！　ロズベルグ様が？　無理ですよ、公爵様にそんなことはさせられません」

いったいなにがどうなって、その思考になったのか、見当もつかない。料理の「り」の字も知らないような人なのに、手伝いたいだなんて。

どこかで頭でも打ったのかしら。ちょっと心配だわ。

「いや、させてくれ。私は私の出来ることで対抗しなければ、ライバルに勝てないからな」

「ライバル……？　よくわかりませんが、では、出来上がったものを一緒に運んで下さいますか？」

「任せておけ！」

決意が固そうだったので、簡単な配膳を頼むことにした。

蒸し上がったせいろを銀のワゴンに乗せて、ロズベルグに任せた。彼は、ワゴンを押しながら、意気揚々と私の前を闊歩する。その後ろ姿を見つめながら考えた。

もしもロズベルグが、出会った時からこういう人だったら……と。

艶やかな銀髪、珍しい紫の瞳。いざっていう時には頼りになるし、ラスティと私を一番に考えてくれる。

あれ、なんだか、頬が熱い。

どうして……まさか!?　また、熱が出ているんじゃない!?

いいえ、そんなはずはないわ。体調は万全よ！

と、頬を両手でぴしゃりと叩き、顔を上げてロズベルグのあとを追った。

ＦＩＮ

あとがき

皆さま、お久しぶりです。藤 実花です。

ベリーズファンタジー『異世界で美味しいごはんを振る舞ったら、天使な息子の継母になりました』を手に取っていただきありがとうございます。

今作は、自身初の『継母もの』になります。いかがでしたでしょうか？

とても軽快で楽しい作品でしたので、書いているこちらもストレスフリーで書き進められました。グレイスとラスティ（ついでに、ロズベルグ）を永遠に書き続けたいと思ったくらいです。

『継母もの』というのは、書いてみたいジャンルのひとつでした。プロットにゴーサインを出して下さった担当様、ありがとうございます！

さて、話は変わりますが、昨年十二月の始めに人生初の骨折を経験しました。肘の関節付近でしたので、完治にはしばらくかかるとお医者様に言われ落胆したのを覚えています。しかも、利き腕……。

思ったよりもなにも出来なくて、二、三週間はいろんな意味で「役立たず」でした（笑）。

一番辛かったのは、大好きな多肉植物たちのお世話が出来なかったこと。それでも、一鉢も枯れることなく、元気に冬越しをしてくれて一安心です。

また、指先は動かすことが出来たので、ＰＣ作業に支障はなく関係各所にご迷惑をかけずに済みました。不幸中の幸いです。

本当に不便ですので、皆さまも怪我にはお気を付け下さいね。

しかし、一週間ごとに診察でレントゲン写真を撮ったのですが、少しずつ骨の修復が進んでいく様子は、とても興味深いものでした。折れた箇所を覆うように、新しく薄い骨の組織が出来て、どんどんそれが厚くなっていく……いやまさに、人体って凄い！と感じました。

最後になりましたが、担当編集様方、たくさんのアドバイス、ありがとうございました。

イラストのＣＯＮＡＣＯ先生、超絶可愛いラスティと、元気なグレイス、美麗なロズベルグをありがとうございます。イメージに相違はないかと何度も確認して下さる先生の姿勢に、温かい人柄と仕事に対する熱意を感じ、頭が下がる思いでおりました。

その他、作品作りに携わって下さった方々に謝意を。

改めて、今作を手に取って下さった読者の皆さまに感謝申し上げます。

藤《ふじ》 実花《みか》

異世界で美味しいごはんを振る舞ったら、
天使な息子の継母になりました

2025年3月5日　初版第1刷発行

著　者　藤 実花

発行人　菊地修一

発行所　スターツ出版株式会社

〒104-0031　東京都中央区京橋1-3-1　八重洲口大栄ビル7F
TEL　03-6202-0386（出版マーケティンググループ）
TEL　050-5538-5679（書店様向けご注文専用ダイヤル）
URL　https://starts-pub.jp/

印刷所　大日本印刷株式会社

ISBN　978-4-8137-9427-1　C0093　Printed in Japan

[藤 実花先生へのファンレター宛先]
〒104-0031　東京都中央区京橋1-3-1　八重洲口大栄ビル7F
スターツ出版(株)　書籍編集部気付　藤 実花先生

BF Sweet
ベリーズファンタジースイート

ベリーズファンタジースイート人気シリーズ

1・2巻　好評発売中！

定価:1375円（本体1250円＋税10%）　ISBN 978-4-8137-9288-8
※価格、ISBNは1巻のものです

ベリーズ文庫

ベリーズ文庫の異世界ファンタジー人気作

Berry's fantasy ベリーズファンタジー にて

コ×ミ×カ×ラ×イ×ズ×好×評×連×載×中×！

しあわせ食堂の異世界ご飯 ①〜⑥

ぷにちゃん

イラスト　雲屋ゆきお

定価 682 円
(本体 620 円＋税 10%)

平凡な日本食でお料理革命!?

皇帝の胃袋がっしり掴みます！

料理が得意な平凡女子が、突然王女・アリアに転生!?　ひょんなことからお料理スキルを生かし、崖っぷちの『しあわせ食堂』のシェフとして働くことに。「何これ、うますぎる！」――アリアが作る日本食は人々の胃袋をがっしり掴み、食堂は瞬く間に行列のできる人気店へ。そこにお忍びで冷酷な皇帝がやってきて、求愛宣言されてしまい…!?

ISBN：978-4-8137-0528-4　※価格、ISBN は 1 巻のものです